地图上的水浒传

第一册

星球地图出版社
STAR MAP PRESS

图书在版编目（CIP）数据

地图上的水浒传 / 许盘清主编；星球地图出版社编著. -- 北京：星球地图出版社，2025.1--（带着地图读四大名著）.

ISBN 978-7-5471-3086-5

Ⅰ. ①地… Ⅱ. ①许… ②…星 Ⅲ. ①中国文学－名著－通俗读物 Ⅳ. ① I207.412

中国国家版本馆 CIP 数据核字第 20242AS930 号

地图上的水浒传（第一册）

出版发行	星球地图出版社
地址邮编	北京市海淀区北三环中路 69 号 100088
网　　址	www.starmap.com.cn
印　　刷	廊坊一二〇六印刷厂
经　　销	新华书店
开　　本	185 毫米 ×260 毫米 16 开
印　　张	8.5
版　　次	2025 年 1 月第 1 版
印　　次	2025 年 1 月第 1 次印刷
审 图 号	GS（2024）4155 号
定　　价	218.00 元（套装 4 册）

联系电话：010-82028269（发行）、010-62272347（编辑）

版权所有　侵权必究

彭杞
韓滔

编纂委员会

罗先友	人民教育出版社，原副社长，编审，文学博士，原《课程·教材·教法》和《小学语文》主编
纪连海	北京师范大学第二附属中学，高级教师（历史），CCTV《百家讲坛》主讲嘉宾
赵玉平	中国传媒大学经济管理学院，教授，CCTV《百家讲坛》主讲嘉宾
李小龙	北京师范大学文学院，教授，副院长，博士生导师
许盘清	上海大学文学院，教授；自然资源部海洋发展战略研究所，特聘研究员
朱　良	北京师范大学地理科学学部，副教授，《地图学》精品课程主讲教师
左　伟	中国地图出版社，原核心编辑，编审，地理学博士
陈　更	北京大学，博士，CCTV《中国诗词大会》第四季总冠军，山东卫视《超级语文课》课评员
左　栎	自然资源部地图技术审查中心，高级工程师（地图制图学与地理信息工程）
郜文倩	杭州师范大学人文学院，教授，博士生导师
李　园	南京师范大学教师教育学院，教师教育实训中心副主任
李兰霞	北京交通大学语言与传媒学院，副教授，硕士生导师
吴晓棠	南京师范大学教师教育学院，讲师
王　兵	南京市教学研究室，历史教研员，高级教师（语文）
杨　俊	无锡市锡山区教师发展中心，教研室副主任，高级教师（语文）
陈　娟	江苏省新海高级中学，副校长，正高级教师（语文）
贺　艳	深圳市龙岗区南师大附属龙岗学校，副校长，高级教师（语文）
陈启艳	湖北省宜昌市外国语初级中学，正高级教师（语文）
冒　兵	南京航空航天大学苏州附属中学，正高级教师（语文），江苏省教学名师，苏州市学科带头人
陈剑峰	南通市第一初级中学，正高级教师（语文）
王　辉	湖北省宜昌市外国语初级中学，高级教师（信息技术）
刘　瑜	江苏省天一中学，高级教师（语文），无锡市学科带头人
刘期萍	深圳市龙岗区南师大附属龙岗学校，教学处副主任
万　航	湖北省宜昌市外国语初级中学，高级教师（地理）

编 辑 部

策　　划：王俊友、赵泓宇
原　　著：施耐庵
地图主编：许盘清、许昕娴
撰　　文：胡小飞
责任编辑：王俊友
统筹编辑：姬飞雪
地图编辑：刘经学、杨　曼、李佳期
文字编辑：李婧儿、肖婷婷
插　　画：张琳
装帧设计：今亮后生
审　　校：李婧儿、高　畅、刘经学、杨　曼、黄丽华
外　　审：罗先友、纪连海、赵玉平、李小龙、郗文倩、陈　更、李兰霞
审　　订：郝　刚、左　伟

目录

第 一 回	洪太尉打开伏魔殿	002
第 二 回	王教头收徒九纹龙	007
第 三 回	鲁提辖拳打镇关西	014
第 四 回	鲁智深醉闹五台山	018
第 五 回	花和尚酒后扮新娘	023
第 六 回	瓦罐寺史进帮智深	026
第 七 回	林教头结拜鲁智深	031
第 八 回	野猪林林冲遭大难	035
第 九 回	柴官人关照豹子头	040
第 十 回	豹子头报仇山神庙	043
第十一回	风雪夜林冲上梁山	048
第十二回	汴京城杨志卖宝刀	053
第十三回	青面兽北京大比武	058
第十四回	赤发鬼投奔晁天王	063
第十五回	东溪村七星谋大事	066

第十六回	黄泥冈智取生辰纲	070
第十七回	杨志智深占山为王	075
第十八回	东窗事发宋江报信	080
第十九回	杀王伦晁盖夺梁山	085
第二十回	谢宋江刘唐赴郓城	089
第二十一回	为机密宋江背人命	093
第二十二回	宋公明避难遇武松	097
第二十三回	景阳冈武松打猛虎	100
第二十四回	武大郎家里起祸殃	104
第二十五回	潘金莲毒杀武大郎	107
第二十六回	武都头为兄报血仇	110
第二十七回	母夜叉巧遇武二郎	114
第二十八回	安平寨武松显神威	119
第二十九回	醉武松暴打蒋门神	122
第三十回	孟州城都头再入牢	125

第一回

洪太尉(wèi)打开伏魔殿

> 点 题
>
> 好奇害死猫!洪太尉完成了任务,回去交差就是了,干吗还要游玩一番?游玩一番倒也罢了,他为什么偏偏要打开那个魔盖?

北宋嘉祐(yòu)三年(1058年)春季,天下瘟(wēn)疫(yì)盛行,就连帝都东京也未能幸免,老百姓死亡过半。当朝皇帝仁宗天子听取大臣范仲淹的建议,亲手书写一道圣旨,降一炷(zhù)御香,派殿前太尉洪信为特使,前往江西龙虎山,宣请张天师星夜来朝,设坛念经做法事,消除瘟疫。

洪太尉奉旨前往龙虎山求见张天师。洪太尉和众官员离开东京后,一路马不停蹄,赶往江西信州,一到信州城,便见大小官员出城迎接。第二天,众官员送洪太尉来到龙虎山下,上清宫众多道士鸣钟击鼓前来迎接,但唯独不见天师。询问之后,洪太尉才知道天师住在龙虎山顶的茅庵(ān)之内。于是他听从上清宫住持的建议,为表诚心,亲自背着圣旨,焚(fén)烧御香,步行上山叩请张天师。他翻了几个山头,走了有二三里路,先遇到了一只猛虎,张着血盆大口向他扑来,好在有惊无险,猛虎转身离去。又走不多远,从山边竹林中窜出一条水桶粗的雪花大蛇,把他吓得扔了香炉,摔倒在一块大石边。雪花大蛇朝洪信脸上喷了一阵毒气后,溜下山去。洪信惊魂未定,正要前行,忽听一阵悠扬的笛声由远而近。他抬起头看见一个倒骑黄牛的道童，横吹一支铁笛，转过山坳（ào）来。道童笑着告诉洪信："天师已赶往京师，做法事消除瘟疫去了。"洪信听了半信半疑，本想继续上山，但他一想到刚才所受的惊吓，还差点儿丢了性命，觉得不如信了道童的话，下山算了。

回到上清宫，洪信跟住持诉说自己一路上的艰辛，说自己差点儿葬身虎口蛇腹。住持却说，那虎和蛇都是天师用来试探他心诚不诚的，而那位小道童就是天师。洪太尉后悔不已，说："我是有眼不认识真仙，竟然当面错过！"但是他听闻天师已经遵旨前往京师，便也放下心来。

第二天早饭后，洪信在住持和众道士的陪同下，四处游览一番。一路经过了九天殿、紫薇殿、北极殿、太乙殿等地方，后游览到上清宫伏魔殿时，只见殿门紧锁，门上交叉贴着数十道封皮，盖着重重朱印，又听住持说里面关着魔王，洪信就非要看看魔王长什么样。他不顾住持再三劝阻，迫使住持砸开铁锁，打开殿门，进去一看，里面黑洞洞的。他让人点起火把，看到殿中一个巨大的石龟驮（tuó）着一个石碑，碑上刻着"遇洪而开"四个大字。洪信得意地说："你们不让我看，却不知道几百年前上天就已注定叫我看，来人，把它挖开！"众人在洪信的指挥下，掘碑移板，露出一个万丈深穴。深穴内发出一阵雷鸣般的响声，随即一道黑气冲了出来，掀翻了半个殿角，直冲云霄，化作百十道金光，散到四面八方去了。众人吓得冷汗直冒，一哄而散。住持告诉洪信，这黑烟就是三十六天

洪太尉奉旨前往龙虎山示意图

东京 汴梁
开封府 开封
陈桥驿
单州 单父 单县
独山湖
微山湖 艾山
应天府 南京 商丘
淮阳军 下邳
颍昌府 许昌
徐州 彭城
陈州 宛丘
bó 亳州
宿州 符离
蔡州 汝南
蒙城
颍州 汝阴 阜阳
寿州 下蔡 凤台
定远
信阳军 信阳
洪太尉一行人赶往江西信州
庐州 合肥
六安
木陵山 麻城
黄陂
黄门山 霍山
无为军 无为
潜山 罗田
九华山
汉阳军 汉阳
鄂州 江夏
黄梅 揭阳岭
望江
彭泽
咸宁
兴国军 永兴
江州 德化 九江
婺源
武宁
彭蠡泽 鄱阳湖
饶州 鄱阳
靖安
八叠山
yún 筠州 高安
洪州 南昌
众官员送洪太尉至龙虎山下
信州 上饶
贵溪
抚州 临川
龙虎山

▬ ▬ ▶ 洪太尉前往龙虎山行进路线

张天师茅庵（住所） 龙虎山顶

窜出一条水桶粗的雪花大蛇

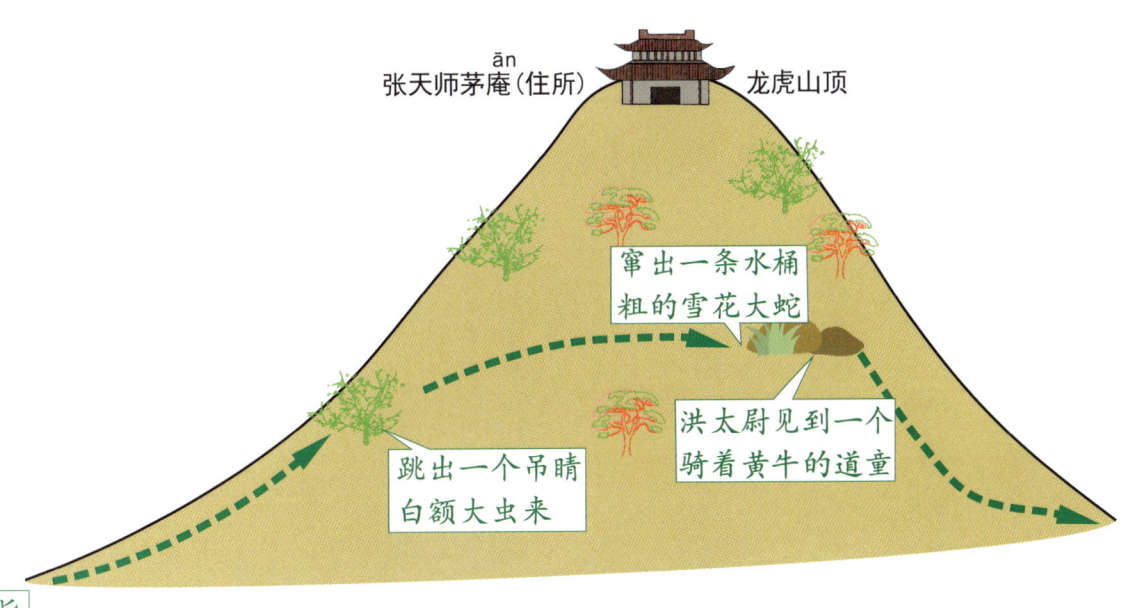

洪太尉见到一个骑着黄牛的道童

跳出一个吊睛白额大虫来

洪太尉背着圣旨独自一人开始步行上龙虎山

洪太尉在龙虎山上的行进路线示意图

罡（gāng）星、七十二地煞（shà）星，共一百零八个魔君。听了主持的话，洪信慌忙带着随从回朝，在路上吩咐众人，不要把他放走妖魔的事说出去。

经典名句

共工愤怒，去盔撞倒了不周山；
力士施威，飞锤击碎了始皇辇（niǎn）。

经典原文

真人答道："此是祖老大唐洞玄国师封锁魔王在此。但是经传一代天师，亲手便添一道封皮，使其子子孙孙不敢妄开。走了魔君，非常利害。今经八九代祖师，誓不敢开。锁用铜汁灌铸（zhù），谁知里面的事。小道自来住持本宫三十馀（yú）年，也只听闻。"洪太尉听了，心中惊怪，

005

想道："我且试看魔王一看。"便对真人说道："你且开门来，我看魔王甚么模样。"真人告道："太尉，此殿决不敢开。先祖天师叮咛告戒：今后诸人不许擅（shàn）开。"太尉笑道："胡说！你等要妄生怪事，煽（shān）惑百姓良民，故意安排这等去处，假称锁镇魔王，显耀你们道术。我读一鉴之书①，何曾见锁魔之法。神鬼之道，处隔幽冥（míng），我不信有魔王在内。快疾与我打开，我看魔王如何！"真人三回五次禀（bǐng）说："此殿开不得，恐惹利害，有伤于人。"太尉大怒，指着道众说道："你等不开与我看，回到朝廷，先奏你们众道士阻当②宣诏，违别③圣旨，不令我见天师的罪犯；后奏你等私设此殿，假称锁镇魔王，煽惑（shān huò）军民百姓。把你都追了度牒（dié）④，刺配远恶军州受苦。"真人等惧怕太尉权势，只得唤几个火工道人来，先把封皮揭（jiē）了，将铁锤打开大锁。

注释：①一鉴之书：国子监所藏的全部书籍。鉴：同"监"，指国子监，封建时代的教育管理机关和最高学府。②当：同"挡"。③违别：违背。④度牒：官方发给出家人的证照。

> **课外试题**
>
> 洪信这个人物在本书中虽然只出现这一次，但他的出现对后文情节发展起什么作用？
>
> 答案：洪信对后文情节的发展起到了关键作用。

第二回

王教头收徒九纹龙

人物	史进（天微星）
绰号	九纹龙（梁山排名第23位）
性格	正直、爽快、重情义
兵器	青龙棍、朴刀、三尖两刃刀

点题

作为一名"富二代"和八十万禁军教头的得意弟子，史进最开始是不愿意上山当强盗的。但事情往往不按人们的想象来发展，史进没入伙之前经历了什么？

时间一晃几十年，宋朝已到徽（huī）宗年间。

徽宗没当皇帝之前，被封为端王。端王身边有个仆人叫高毬（qiú），原是东京开封府一个混混，后来发迹，才将名字改为高俅（qiú）。这人没什么本事，只会吃喝玩乐，擅长踢球。一个偶然的机会，高毬被人推荐给端王，端王也喜欢踢球，就让他当了自己的亲随。端王继位为徽宗后，不到半年，就把高俅升为殿帅府太尉。

新官上任三把火。高太尉上任第一天，点名时发现八十万禁军教头王进未到，不分青红皂白，将拖病的王进捉来后，又发现王进是曾在东京街头将他打得趴在床上躺了三个月的都军教头王升的儿子。

史进，史家村史太公之子，是东京八十万禁军教头王进的徒弟，后入伙梁山，是马军八虎骑之一。

007

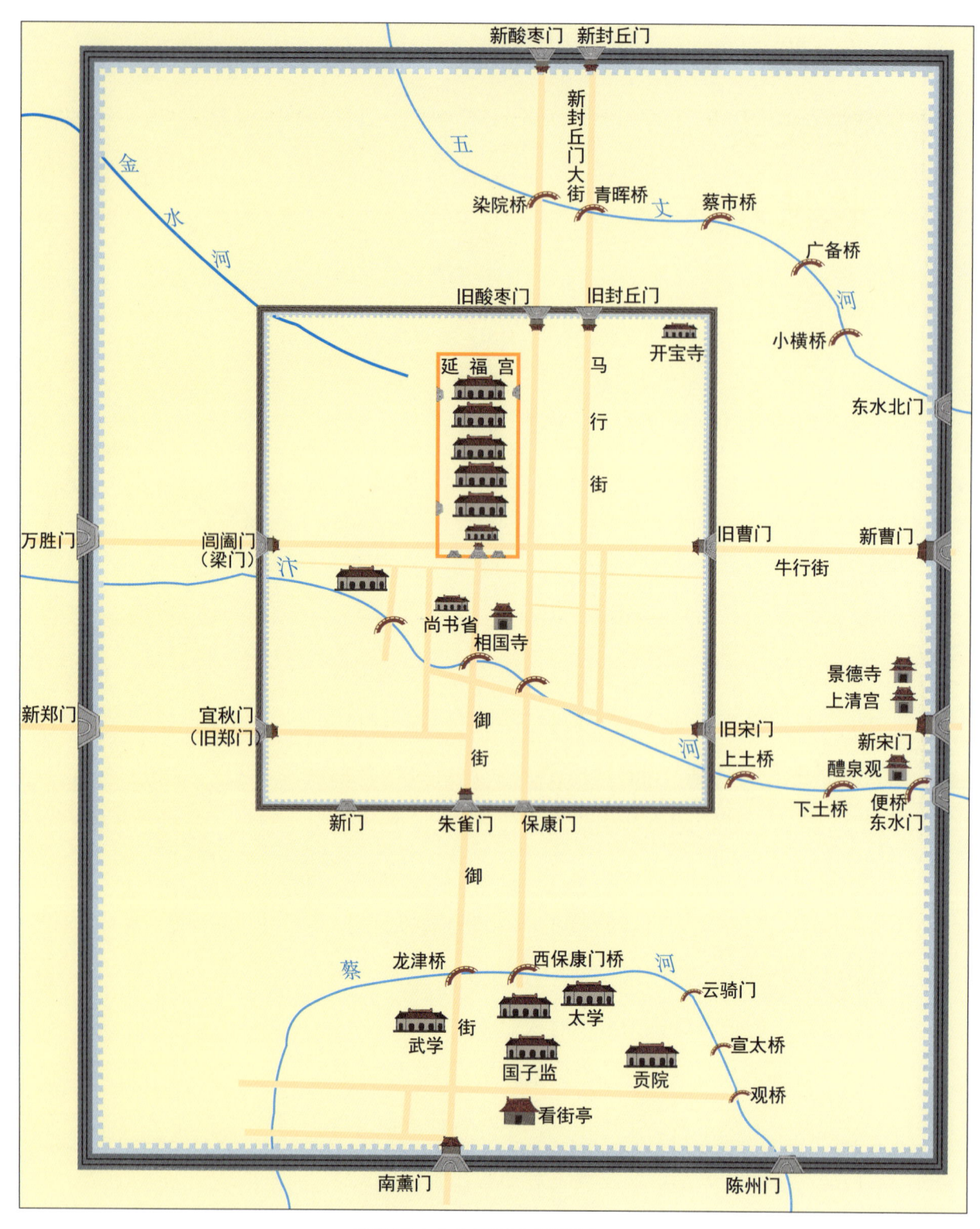

汴梁城（北宋开封）示意图

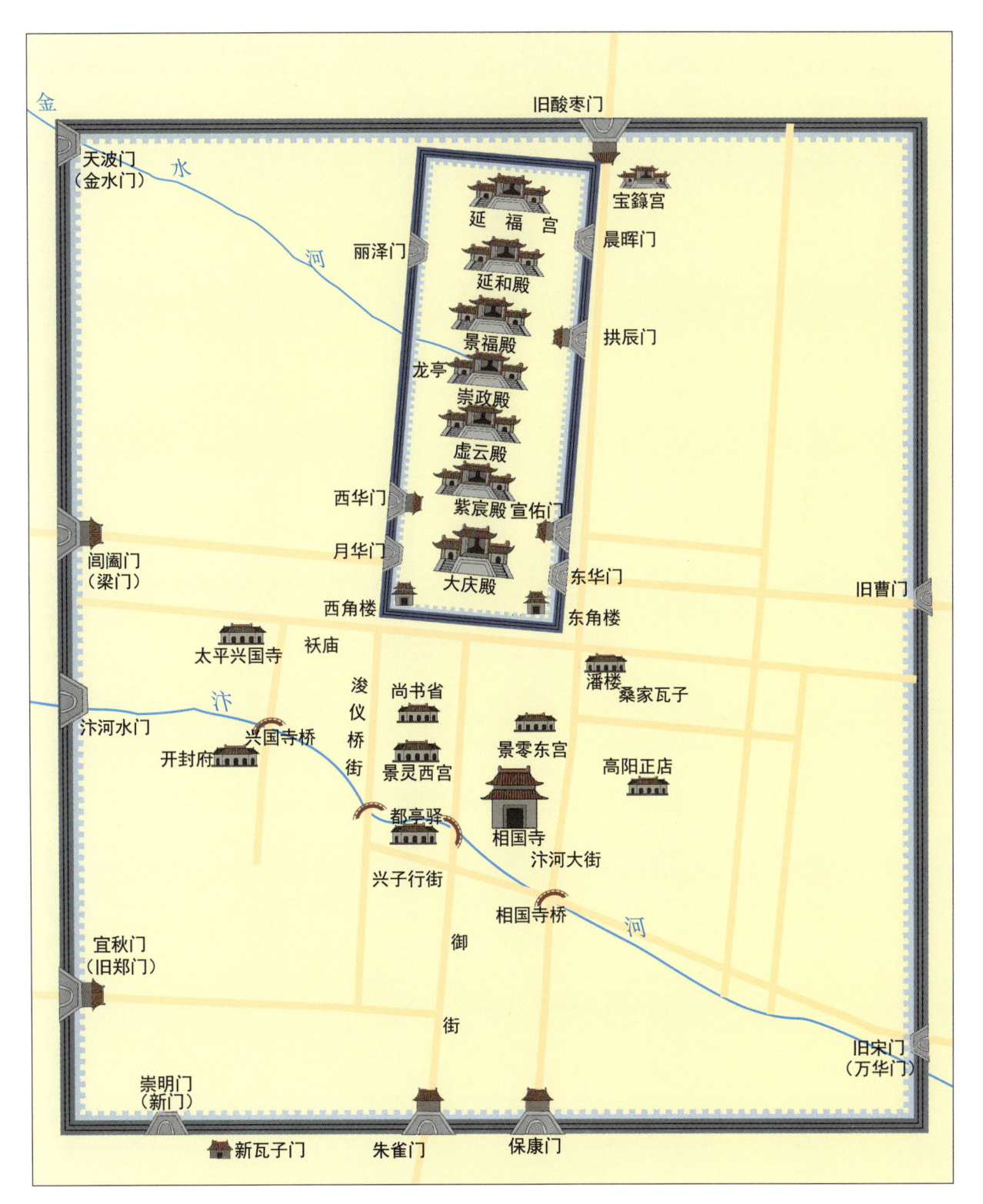

汴梁城（北宋开封）内城放大图

王进赴延安府收徒史进示意图

地图

- 谒戾山
- 绵上
- 榆社
- 辽州 左权 辽山
- 邢州 龙冈 邢台
- 威胜军 dī 铜鞮
- 武乡
- 沁源
- 武安
- 襄垣
- 黎城
- 涉县
- 邯郸
- 盘秀山
- 屯留
- 磁州 磁县 滏阳
- 冀氏
- 隆德府 上党 长治
- 壶关
- 隆虑山
- 相州 安阳
- 鹤壁
- 陵川
- 枉人山
- 安利军 黎阳 浚县
- 阳城
- 泽州 晋城
- 苍山
- 卫州 汲县
- 修武
- 新乡
- 陈桥驿
- 孟州 河阳
- 新安
- 西京 河南府
- 荥阳
- 郑州 管城
- 东京 开封府 汴梁 开封
- 洛阳 河南 洛阳
- 嵩山
- 颍阳
- 登封
- 新郑
- 高俅上任汴梁，认出王进，心生报复，王进担心高俅报复，遂携母出逃
- 汝州 临汝 梁县
- 长葛

011

高俅就心生报复，准备教训王进，但因牙将们求情，才决定延后到第二天。而王进也认出高俅，虽然此次同僚求情，自己暂时逃过，但他也知道高俅一定不会放过他。王进回家和老母亲一商议，决定借口到庙里烧香，瞒过身边人，带着老母亲连夜逃往延安府。

王进和母亲在逃亡的路上走了一个多月。这天，他们来到一个叫史家庄的地方借宿。恰好王进的母亲得病，只好在庄上调养几天。一天午后，王进在庄内走动，见一块空地上有一个后生正在舞棒。王进看了半晌（shǎng），不觉脱口说："这棒也使得好了，只是有破绽，赢不得真好汉。"那后生听了大怒，非要和王进一比高下，说着就握棒扑了上来。王进拿一条棒，故意拖棒就走，那后生抡（lūn）棒又赶上来。王进猛一回头，举棒从上劈下，那后生只好用棒去挡。谁料王进是个虚招，只见他猛地将棒一缩，直捣那后生胸前。只一下，那后生便丢了棒，扑通往后跌倒。于是，那后生心服口服，要拜王进为师。

原来，那后生是史家庄少庄主史进，从小喜爱使枪弄棒，又因为身上刺了九条青龙，当地人称九纹龙。为报答史老庄主的收留之恩，王进便留下来耐心教导史进武艺。史进也非常刻苦，把十八般武艺学得样样精通。半年过去了，王进告辞离开，史太公一家举办了宴席送行，并赠送王进一百两花银作为谢礼。第二天王进收拾好行囊，辞别了史太公和史进，让母亲骑马，自己挑着担儿向延安府出发。又过了半年，史老太公去世。从此，史进无人管束，每天只想找人比武，较量枪棒。

史进听闻少华山上有强盗，预感他们会袭击村庄，就召集庄户，保护村子。没想到在和强盗打了一场后，史进反倒和强盗头子朱武、陈达、杨春成了哥们儿。八月中秋这天，史进邀请三人到庄上喝酒赏月，竟被小人李吉将此事偷偷告诉官家。华阴县官率领官兵围住庄院，要捉拿史进、朱武等四人。史进不愿出卖兄弟，就把自家庄院烧掉。四人杀出一条血路，来到少华山寨。在少华山上住了几日，史进收拾好银两衣物，辞别朱武三人，顺着关西正路去延安府找师傅王进去了。

经典名句 好为师患负虚名，心服应难以力争。

经典原文 王进道："恕无礼。"去枪架上拿了一条棒在手里，来到空地上，使个旗鼓①。那后生看了一看，拿条棒滚将入来，径奔王进。王进托地拖了棒便走，那后生抢着棒又赶入来。王进回身，把棒望空地里劈将下来。那后生见棒劈来，用棒来隔。王进却不打下来，将棒一掣（chè），却望后生怀里直搠②将来，只一缴，那后生的棒丢在一边，扑地望后倒了。王进连忙撇下棒，向前扶住道："休怪，休怪！"那后生爬将起来，便去傍边掇（duō）条凳子，纳王进坐，便拜道："我枉自经了许多师家，原来不值半分！师父，没奈何，只得请教。"

注释：①旗鼓：架势，姿势。②搠：扎，刺。

课外试题

一百单八将中第一个出场的是谁？

答案：九纹龙史进。

第三回

鲁提辖（xiá）拳打镇关西

人物	鲁智深（天孤星）
绰号	花和尚（梁山排名第13位）
性格	见义勇为、疾恶如仇、爱憎分明
兵器	水磨镔（bīn）铁禅杖、戒刀

点题

疾恶如仇的鲁达原本只想惩罚一下郑屠，没想到三拳给打死了。好在鲁达粗中有细，撂（liào）下一句场面话就逃跑了。

史进来到渭（wèi）州城，在一处小茶坊碰上一名叫鲁达的军官。两人互通姓名后，史进便向鲁达打听师傅王进的消息，这才知道王进在延安老种经略府里，而这里是渭州小种经略府，自己走错了路。

鲁达邀请史进喝酒，史进就去了。在街上两人又碰见史进的开手师傅李忠耍枪棒，借艺卖药，就一起邀李忠去喝酒。

三人来到潘家酒楼雅间，正喝得高兴，隔壁却传来一阵哭声。鲁达一拍桌子，让店小二把哭泣的父女俩叫了进来。

原来那哭泣的老头叫金二，女子叫金翠莲。三个月前，金二一家三口从东京汴（biàn）梁

> 鲁智深，本名鲁达，曾经是渭州经略府提辖，因打抱不平三拳打死镇关西，为了躲避官府通缉出家做了和尚，后入伙梁山。

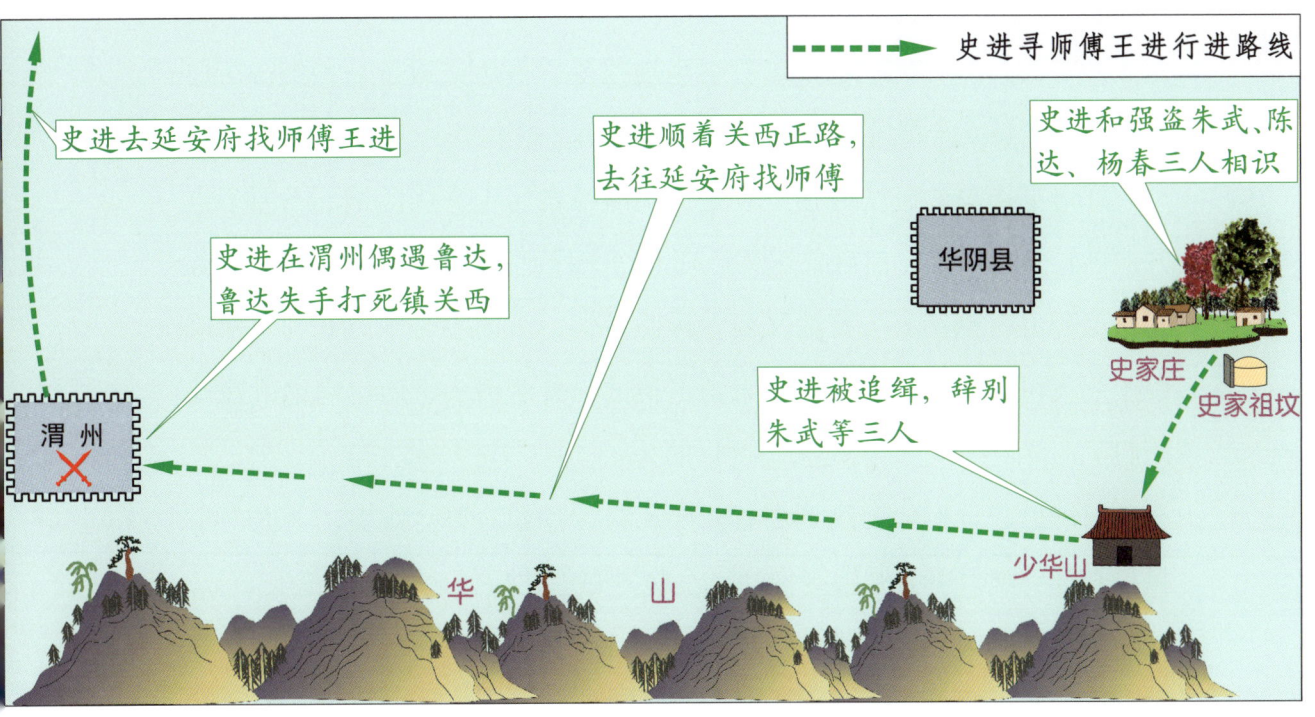

史进遇鲁达示意图

图例说明：
- 史进寻师傅王进行进路线
- 史进去延安府找师傅王进
- 史进顺着关西正路，去往延安府找师傅
- 史进和强盗朱武、陈达、杨春三人相识
- 史进在渭州偶遇鲁达，鲁达失手打死镇关西
- 史进被追缉，辞别朱武等三人

地点：渭州、华阴县、史家庄、史家祖坟、少华山、华山

　　到渭州投亲不遇，金翠莲的母亲病死客店，需钱下葬。当地镇关西郑大官人许诺三千贯钱娶金翠莲做妾。郑大官人虽然出钱葬了金翠莲的母亲，却没给金翠莲分文。郑大官人纳金翠莲为妾后不到三个月，又将金翠莲赶出门，还要向金二追讨三千贯钱。金二父女举目无亲，只好靠卖唱挣钱赎身。这几天挣的钱少，父女两个又怕郑大官人逼债，因此哭泣。

　　鲁达问明金老父女住处，得知镇关西就是状元桥下卖肉的郑屠，就要去打死他。史进、李忠好说歹说，才劝住鲁达。李忠拮据，鲁达和史进凑了十五两银子，给金老父女当盘缠回汴（biàn）京。金二又担心店主不准走，于是鲁达说他明天亲自去送，金老才接了银子回客店。

　　三人喝完酒后便离开了潘家酒楼，到街上分了手。史进、李忠两人各自回了旅店。鲁达回到住处后，也不吃晚饭，就气愤地睡下了。

第二天一早，金二父女付了住宿费准备离去，却被店小二拦下。鲁达正巧赶到，一耳光把店小二打得满地找牙。鲁达又搬条长凳坐在店门口，等金老父女走得没影了，才直奔状元桥。

郑屠见了鲁达赶忙迎接。鲁达让郑屠亲自切十斤精肉馅，不要丁点儿肥的，郑屠照办。然后鲁达又让郑屠切十斤肥肉馅，不要丁点儿精肉，郑屠又照办。刚切好，鲁达又要十斤脆骨馅，上面不带丁点儿肉。郑屠终于忍无可忍，说鲁达是故意来消遣他的。鲁达劈头把两包肉馅砸在郑屠脸上，骂道："老子就是来消遣你的！"

郑屠抓起一把尖刀跳到街心，要和鲁达打架。鲁达跟上，上面一手抓住郑屠手腕，下面一脚踢中郑屠小腹，郑屠往后便倒。鲁达抢上一步，踏住郑屠胸脯（pú）骂道："我立了无数军功都不敢称'镇关西'，你一个卖肉的狗一般的贱人，也敢称'镇关西'？说，你是如何骗了金翠莲的？"说着，照他鼻梁就是一拳，只打得鲜血直流。郑屠大叫："打得好！"鲁达说："你还敢嘴硬！"照他眼眶又是一拳，把眼珠也打了出来。郑屠忍受不住，哀求饶命。鲁达说："你若一直嘴硬，我还饶了你，现在求饶，我打死你！"朝他太阳穴上又是一拳。这下郑屠真的面色惨白，只有出气没有进气了。鲁达一看不好，说："你就装死吧，我回头再跟你算账！"说完直奔回家，收拾几件衣裳，揣（chuāi）好银子，提一条短棍，一溜烟地出城了。

经典名句

落日趱（zǎn）行闻犬吠，严霜早促听鸡鸣。

闻名不如见面，见面胜似闻名。

时来富贵皆因命，运去贫穷亦有由。

事遇机关须进步，人当得意便回头。

经典原文

郑屠右手拿刀，左手便来揪（jiū）鲁达，被这鲁提辖就势按住左手，赶将入①去，望小腹上只一脚，腾地踢倒在当街上。鲁达再入一步，踏住胸脯，提着那醋钵（bō）儿大小拳头，看着这郑屠道："洒家②始投老种经略相公，做到关西五路廉访使，也不枉了叫做镇关西。你是个卖肉的操刀屠户，狗一般的人，也叫做镇关西！你如何强骗了金翠莲？"扑③的只一拳，正打在鼻子上，打得鲜血迸流，鼻子歪在半边，却便似开了个油酱铺，咸的、酸的、辣的，一发都滚出来。郑屠挣不起来，那把尖刀也丢在一边，口里只叫："打得好！"鲁达骂道："直娘贼④，还敢应口⑤！"提起拳头来就眼眶际眉梢只一拳，打得眼棱（lèng）缝裂，乌珠迸（bèng）出，也似开了个彩帛铺的，红的、黑的、绛（jiàng）的，都绽将出来。两边看的人，惧怕鲁提辖，谁敢向前来劝？郑屠当不过讨饶。鲁达喝道："咄（duō）！你是个破落户，若是和俺硬到底，洒家倒饶了你。你如何叫俺讨饶，洒家却不饶你！"又只一拳，太阳上正着，却似做了一个全堂水陆的道场，磬（qìng）儿、钹（náo）儿、铙（bó）儿一齐响。

注释：①赶将入：一种动态，立刻赶过去并靠近。②洒家：类似现代的"俺""咱"等人称代词。③扑：拟声词，同"噗"。④直娘贼：骂人语言。⑤应口：顶嘴。

课外试题

鲁达为什么要搬条长凳坐在店门口，等金老父女走得没影了才走？

答案：为了确保金老父女有足够的时间离开，避免店家发现后追上他们。

第四回

鲁智深醉闹五台山

点题

受不了佛门的清规戒律，鲁智深总是不安分。才当和尚的他，闹出不少事情来。

鲁达打死了人，逃出渭州，流落到代州雁门县。他走到一个十字路口，看见很多人都围在一起看榜，也准备挤前看，突然身后有人抱住了他。鲁达回头一看是金老，正要开口，金老却把他拉到僻（pì）静处，小声说："恩人，那是捉你的榜文，你怎么还去观看？快跟我走！"鲁达说："你怎么也在这里？"金老说："我父女逃出渭州，怕有人追赶，没回汴京，就来到这里。碰到一位老乡，给翠莲做了个媒，嫁给了赵员外做小妾。赵员外也常说有机会想见您一面。"

金老把鲁达领回家中，见了赵员外。赵员外让鲁达在家住了六七天，就把鲁达送到五台山文殊（shū）院出家，因为这样最安全，鲁达同意了。

五台山文殊院的智真长老和赵员外关系很好，为鲁达剃了度，赐名智深。赵员外告辞下山时，一再叮嘱智深不要惹是生非，又恳求长老，智深有什么不到之处，多多担待。赵员外走后，鲁智深每天也不坐禅，除了吃就是睡，连解手也在大殿后面。有人禀报长老，反遭长老一顿呵斥，从此再也无人管他了。

过了四五个月，已是初冬。智深在寺里待久了，就出门走动。他来

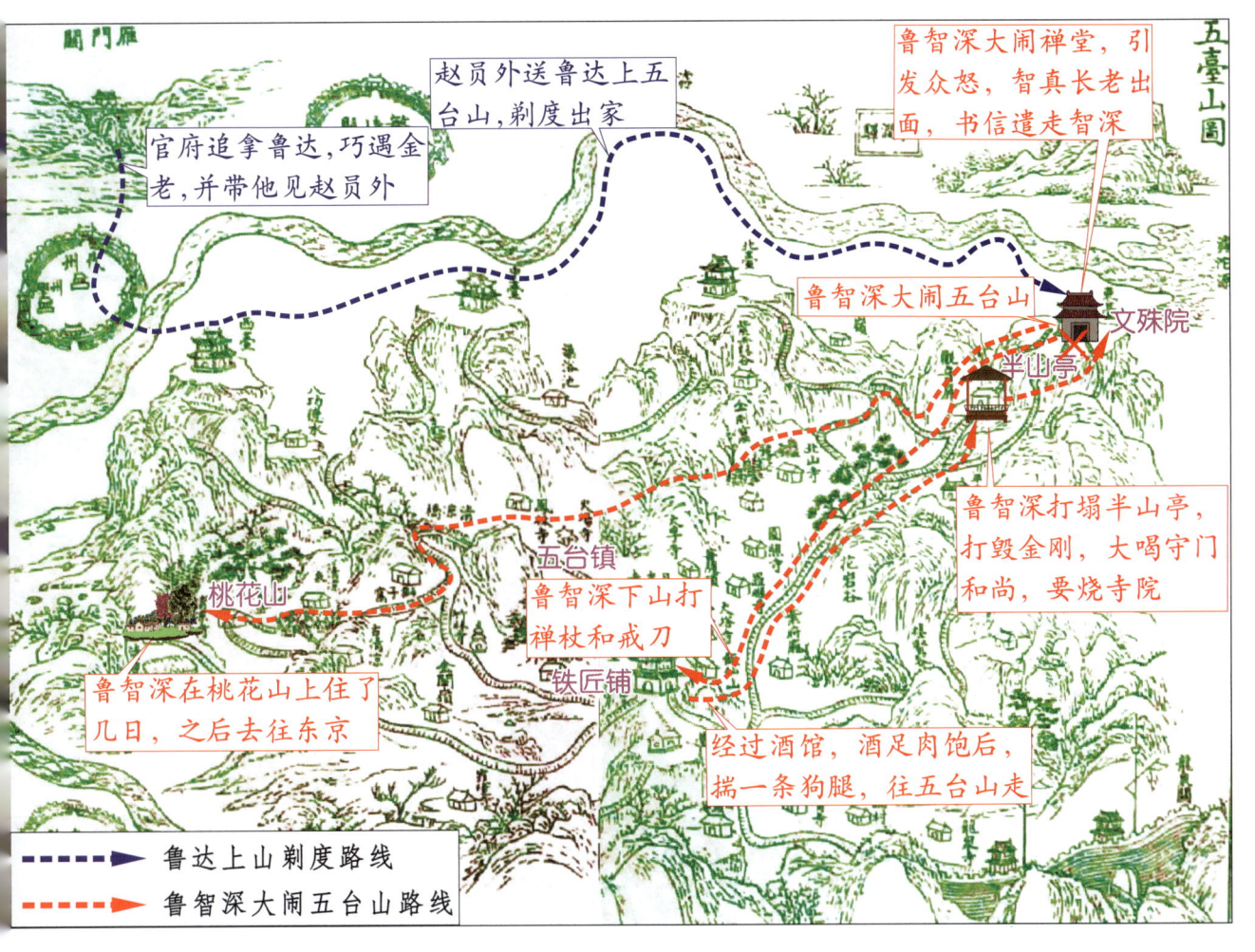

鲁智深大闹五台山示意图

到半山亭，见一个男子挑着一桶酒在亭子里歇脚，智深就要买他的酒。男子说酒只卖给寺里的杂工，不卖给和尚。智深发火就抢，不一会儿就喝了一大桶，说了句："明天到寺里找我拿酒钱"，就往山上走。

智深摇摇晃晃地上山了。两个守山门的小和尚拿着竹篦（bì）挡住智深，说他破了酒戒，要打四十竹篦。智深两眼一瞪，吓得一个小和尚拦住他，另一个飞奔进寺报信。智深只一掌，就把那小和尚打倒在山门边。寺里跑出二三十人，智深大吼一声，众人又吓得退回殿中，关上寺门。

自上回破酒戒,太平了几个月,鲁智深又憋不住了,带上银两下山。

智深冲进门去,打得众人抱头鼠窜,幸亏长老及时赶到,止住智深。

太平了几个月,到了第二年二月,智深又憋不住了,带上些银两下了山。山下有个小镇。智深来到一个铁匠铺,订做了一条禅杖和一口戒刀,然后就去酒馆喝酒。

智深连走几家酒馆,人家看是五台山的和尚,都不卖酒给他。一直走到集市尽头,只剩最后一家酒馆了,智深不得不想办法。他进店就喊:"店家,过路僧人买点酒喝。"店家再三盘问他是不是五台山的和尚,智深打死不承认,店家就卖给他酒。他又要肉,店家说只剩下狗肉。智深又买了狗肉,喝完一桶酒,把剩下的一条狗腿揣在怀里,往五台山走去,店家暗暗叫苦。

走到半山亭,智深酒劲上来了,便光着膀子,一膀子向亭柱打去。只听一声巨响,把亭柱子打折了,亭子也撞塌半边。守山门的和尚一看,连忙关了山门。智深敲门不开,扭头看到门两边的四大金刚朝他挤眉弄眼,怒从心起,拔根栅(zhà)栏朝金刚腿上打去,把那两个金刚先后打倒,又高叫:"再不开门,把寺烧了。"守门和尚只好悄悄打

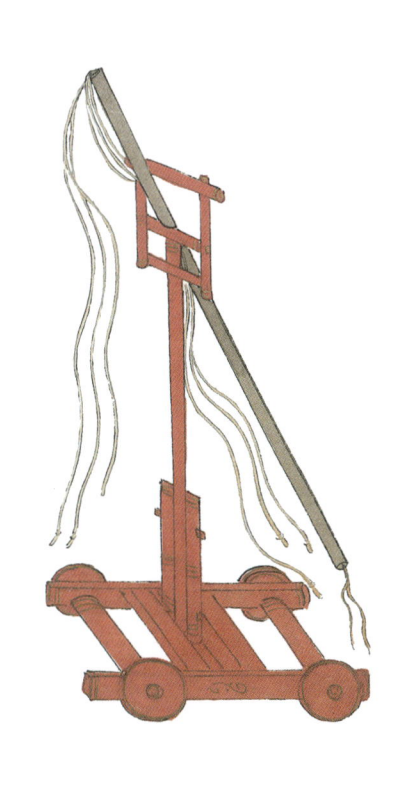

开门闩（shuān）。

智深猛一撞门，一跤跌了进去，见众和尚都在打坐，就掏出狗腿让和尚们吃。那些和尚不吃，智深就硬往他们嘴里塞。有和尚来劝，智深扔下狗肉，照着光头一阵乱打。众和尚被打急了，纷纷卷了铺盖要走。监寺气得无法，叫来一二百人，拿着棍棒，围住智深。智深大吼一声，折断两根桌腿，打了出来，不一会儿，几十人被他打翻在地。

长老出来喝（hè）住众僧，众僧退下。长老对智深说："五台山是清静之地。上次你闹事，赵员外又是修书又是赔礼，我饶你一次。今天你又打塌半山亭，打毁金刚，这里已容不得你，我安排你去另一个地方。"

智真长老写了一封信，让智深拿去东京大相国寺找他师弟智清禅师，并送智深四句偈（jì）言：遇林而止，遇山而富，遇水而兴，遇江而止。

> **经典名句**
> 四海之内，皆兄弟也。
> 头重脚轻，对明月眼红面赤；前合后仰，趁清风东倒西歪。

> **经典原文**
> 智深走到半山亭子上，坐了一回，酒却涌上来，跳起身，口里道："俺好些时不曾拽拳使脚，觉道身体都困倦了，洒家且使几路看。"下得亭子，把两只袖子搦（nuò）在手里，上下左右使了一回。使得力发，只一膀子搧（shān）在亭子柱上，只听得刮剌剌一声响亮，把亭子柱打折了，坍（tān）了亭子半边。门子听得半山里响，高处看时，

只见鲁智深一步一撷（diān），抢上山来。两个门子叫道："苦也！前日这畜生醉了，今番又醉得不小可！"便把山门关上，把拴（shuān）拴了，只在门缝里张时，见智深抢到山门下，见关了门，把拳头擂（léi）鼓也似敲门，两个门子那里敢开。智深敲了一回，扭过身来，看了左边的金刚，喝一声道："你这个鸟①大汉，不替俺敲门，却拿着拳头吓洒家，俺须不怕你。"跳上台基，把栅剌（là）子②只一拔，却似撅（juē）葱③般拔开了。拿起一根折木头，去那金刚腿上便打，簌（sù）簌的泥和颜色都脱下来。门子张见道："苦也！"只得报知长老。智深等了一回，调转身来看着右边金刚，喝一声道："你这厮张开大口，也来笑洒家。"便跳过右边台基上，把那金刚脚上打了两下，只听得一声震天价响，那尊金刚从台基上倒撞下来。智深提着折木头大笑。

注释：①鸟：骂人语言。②栅剌子：栅栏。③撅葱：扯葱。

课外试题

鲁智深醉酒大闹五台山，表现了他什么样的性格？

答案： 表现出了豪爽率真豪、不畏强权，敢作敢为，无所拘束无忌，粗鲁的性格特点。

第五回

花和尚
酒后扮新娘

人物	李忠（地僻星）
绰号	打虎将（梁山排名第85位）
性格	小气、谨慎
兵器	梨花枪

点题

从古到今，闹洞房是一件喜事，鲁智深闹洞房却差点儿闹出人命。

鲁智深出了山门，便到铁匠铺取了禅（chán）杖、戒刀，直奔东京。

一天夜晚，他来到一户人家借宿，主人刘太公告诉他："今晚不管有什么响动，你都别露面，小心惹上祸事。"智深问："您家里今晚要出事？"太公叹气说："唉，今夜老汉嫁女儿。"智深大笑起来："这是喜事啊，您怎么不高兴呢？"太公说："我是被逼的呀！"

原来，此处不远的桃花山上有两个山大王。其中的二大王听说刘太公的女儿长得美，丢下二十两银子当聘（pìn）礼，今夜要来强入洞房。

智深听后说道："既然这样，我有办法让他回心转意，不娶你女儿。"太公说"他是一个杀人不眨眼的恶魔，如何能够让他回心转意？"智深说：

李忠，濠（háo）州定远人氏，靠江湖卖艺为生，原是桃花山大寨主，后入伙梁山。

"你照着我的方法，今晚先把女儿藏起来，我到你女儿房中，劝那二大王不娶你女儿。"太公无比高兴，让人端来好酒好肉款待智深。智深酒足饭饱，拿了戒刀、禅杖，来到刘太公女儿房里，假扮新娘坐在帐里等候。

半夜，二大王带着四五十人，举着火把来到庄上。太公急忙引二大王来到新房。洞房里面黑洞洞的，二大王借着酒劲，醉眼蒙（méng）眬（lóng）地来到床边，掀开帐子，摸到智深毛茸茸的肚皮。智深左手一把揪住二大王的头巾并头发，将他按在床边，右手一拳，接着拳打脚踢，打得二大王直叫"救命"。那些随从举着刀枪来救人，智深抓起禅杖打过去，二大王和喽（lóu）啰（luo）们趁乱逃走。

一盏茶的工夫，庄外人喊马叫，下人来汇报，说是桃花山强盗倾巢（cháo）出动，为二大王报仇来了。智深提了禅杖，哈哈大笑说："莫慌莫慌，等我出去一杖一个，你们只管绑人领赏就行。"

智深来到村头，只见火把光中，桃花山大王立马挺枪，正在大骂："秃驴在哪里？快出来斗个输赢！"智深回骂："天杀的强盗，爷爷在这里。"大大王说："咦？好熟的声音，报上名来。"智深说："爷爷以前是老种经略相公帐前提辖鲁达，现在出了家，法号智深。"那大王一听，下马就拜。智深仔细一看，原来是打虎将李忠。

二人牵手共叙别情。智深说了出家的经过，李忠也说了占山为王的经过：原来鲁达打死镇关西后，官府抓不到鲁达，便连鲁达的朋友一起抓。史进不知去向，李忠独自逃出渭州，来到桃花山下，碰上山大王劫路。山大王不是他的对手，请他上山共做寨主。这个山大王就是二大王，人称小霸王周通。

李忠请智深来到山寨（zhài），将智深介绍给周通。周通听完，倒身就拜。智深趁机劝周通退了刘太公这门亲事。周通答应下来，并且折箭发誓，绝对不会反悔。

周通、李忠想留智深在山寨当寨主，智深没有答应，趁着二人下山去抢劫的时候，顺手拿了些金银财宝，从后山溜走，前往东京。李忠、周通回来，见留不住智深，只好随他去了。

经典名句

前不巴村，后不靠店。

落日带烟生碧雾，断霞映水散红光。

溪边钓叟移舟去，野外村童跨犊（dú）归。

经典原文

太公分付①道："胡乱教师父在外面耳房中歇一宵②。夜间如若外面热闹，不可出来窥③望。"智深道："敢问贵庄今夜有甚事？"太公道："非是你出家人闲管的事。"智深道："太公，缘何④模样不甚喜欢，莫不怪小僧来搅扰你么？明日洒家算还你房钱便了。"太公道："师父听说，我家时常斋（zhāi）⑤僧布施；那争师父一个。只是我家今夜小女招夫，以此烦恼。"

注释：①分付：吩咐。②一宵：一晚。③窥：偷看。④缘何：为什么。⑤斋：用素食款待。

课外试题

鲁智深假扮成新娘，帮助刘太公的女儿退婚二大王，在下山的时候顺手拿了些金银财宝，表现了他什么样的性格？

答案：爱憎重义、嫉恶如仇、贪恋财物、不够廉洁。

第六回

瓦罐寺史进帮智深

点 题

行侠仗义的鲁智深，竟然在瓦罐寺和一群老和尚抢饭吃，他遇到了什么困难？

鲁智深下了桃花山，一口气走了六七十里，早已饿了。他经过一片赤松林，来到一座败落的寺院门前，只见蛛网蒙着的匾（biǎn）上，写有四个金字：瓦罐之寺。

智深走进寺庙，见后院一间破屋里有几个老和尚。智深向他们讨些斋饭吃，和尚们说："我们自己都饿着，哪有东西给你吃？"智深闻到煮小米的香气，只见灶上煮着一锅小米粥，没找到碗筷，就把供桌擦了擦，把锅里的小米粥倒在桌上，用手捧着吃。那几个老和尚也来抢着吃。智深边吃边问："你们怎么这么狼狈？"一个老和尚说："我们这瓦罐寺，本来香火旺盛，去年不知从哪儿来了一个和尚和一个道士，将寺院霸占，终日喝酒、玩女人。年轻的和尚都走了，剩下我们几个老得走不动的留了下来。我们饿了几天，今天好不容易化了些小米，不想您又来抢着吃，让我们吃什么呢？"

闲聊中，智深知道了那强占瓦罐寺的和尚叫"生铁佛"崔道成，道士叫"飞天夜叉"邱小乙，就去找他们。智深刚出门了，便碰到了一个挑着担子、唱着歌的道人。那几个老和尚也赶出来，给智深指道："那人便是飞天夜叉邱小乙。"智深听完,后便拿着禅杖跟在了那道士邱小乙的身后。

那道人走入方丈后墙,智深跟着进去看时,只见槐树下摆放着一张桌子,当中坐着一个胖和尚,边厢坐着一位年轻妇人。智深走上前去,质问他们为何霸占寺院,二人欺骗智深老和尚们才是坏人,便又回去找那几个老和尚。老和尚们于是向他解释:"他们是看到你有戒刀和禅杖,因此不敢与你相争,你现在再回去看看,定能看出他们的真实面目。"智深听后又前往方丈后墙,却看到角门早就关了,于是大怒,用脚踢开角门,与崔道成、邱小乙二人大战。

智深一天没有吃饭休息了,比不上崔邱二人酒足饭饱后精力旺盛,自然打不过,只得逃出山门,跑到赤松林,不料碰上九纹龙史进。那史进本要去寻找师父王进,然而他一直到延州也未找到,因此只好先回北京,花光盘缠后本想在此劫道,没想到巧遇智深。二人吃了史进的烧饼,又一道回到瓦罐寺,与崔道成和邱小乙杀作一团。十几回合后,智深和史进两人分别杀死崔邱二贼。智深找出些金银,和史进分了,又在厨房找到些酒肉吃了个饱,然后放火把庙烧了。但不巧此刻刮起了大风,四周竟都着起火来,于是二人只得离开。在行了数里路后来到了一个三岔路口,二人目的地不同,只好分别。史进辞别智深回少华山投奔朱武入伙,而智深则起身前往东京大相国寺,在路上又走了八九日后才望见东京。

智深入东京城之后,进入大相国寺中,找到方丈智清。智清方丈看了师兄智真的书信,就让智深先去管菜园,等有了功劳再升职。次日,智深便去上任了。

经典名句
梁园虽好,不是久恋之家。
相国寺中重挂搭,种蔬园内且经营。

史进伙同鲁智深火烧瓦罐寺示意

- - - ▶ 史进寻师路线

史进寻找师父直至延州(延安府)，但依旧找寻不到

史进回少华山投奔朱武入伙

地图说明

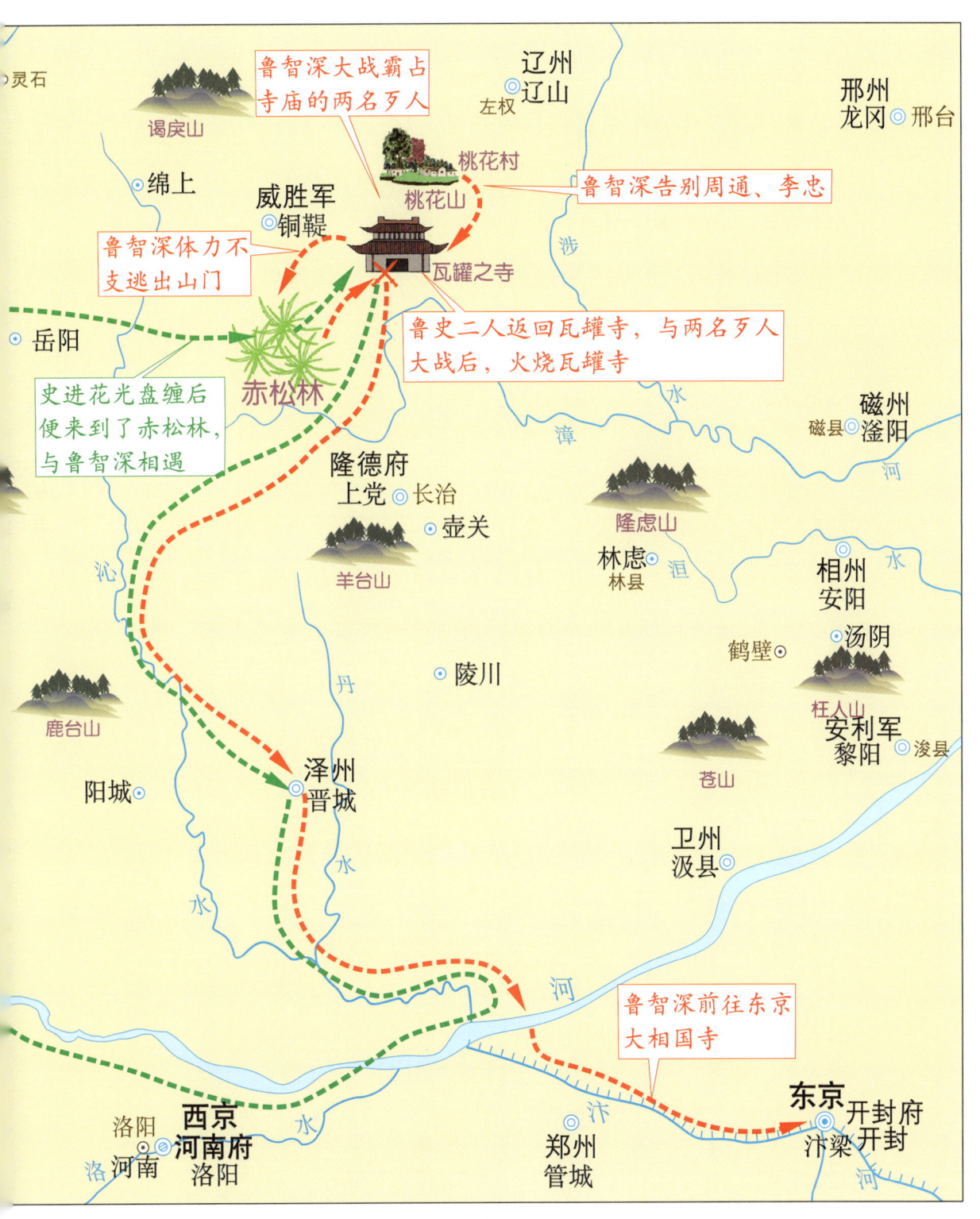

- 鲁智深大战霸占寺庙的两名歹人
- 鲁智深告别周通、李忠
- 鲁智深体力不支逃出山门
- 鲁史二人返回瓦罐寺，与两名歹人大战后，火烧瓦罐寺
- 史进花光盘缠后便来到了赤松林，与鲁智深相遇
- 鲁智深前往东京大相国寺

地名标注：

灵石、谒戾山、绵上、辽州辽山、左权、邢州龙冈、邢台、威胜军铜鞮、桃花村、桃花山、涉、瓦罐之寺、岳阳、赤松林、磁州滏阳、磁县、漳、隆德府上党、长治、壶关、隆虑山、林虑、林县、相州安阳、鹤壁、汤阴、羊台山、丹水、沁、陵川、鹿台山、阳城、泽州晋城、苍山、枉人山、安利军黎阳、浚县、卫州汲县、河、鲁智深前往东京大相国寺、西京河南府、洛阳、河南、沁水、汴、郑州管城、汴梁、开封、东京开封府

-----▶ 鲁智深赴东京大相国寺路线

029

经典原文

那汉在林子里听的,大笑道:"我晦气,他倒来惹我!"就从林子里拿着朴刀,背翻身跳出来,喝一声:"秃驴!你自当死,不是我来寻你。"智深道:"教你认的洒家!"轮起禅杖抢那汉。那汉拈着朴刀,来斗和尚,恰待向前,肚里寻思道:"这和尚声音好熟。"便道:"兀(wù)那和尚,你的声音好熟。你姓甚?"智深道:"俺且和你斗三百合,却说姓名。"那汉大怒,仗手中朴刀,来迎禅杖。两个斗了十数合,那汉暗暗的喝采道:"好个莽(mǎng)和尚!"又斗了四五合,那汉叫道:"少歇,我有话说。"两个都跳出圈子外来。那汉便问道:"你端的姓甚名谁?声音好熟。"智深说姓名毕,那汉撇(piē)了朴刀,翻身便剪拂,说道:"认得史进么?"智深笑道:"原来是史大郎。"两个再剪拂了,同到林子里坐定。智深问道:"史大郎,自渭州别后,你一向在何处?"史进答道:"自那日酒楼前与哥哥分手,次日听得哥哥打死了郑屠,逃走去了。有缉捕的访知史进和哥哥赍(jī)发①那唱的金老,因此小弟亦便离了渭州,寻师父王进,直到延州,又寻不着。回到北京,住了几时,盘缠使②尽,以此来在这里寻些盘缠,不想得遇。哥哥缘何做了和尚?"

注释:①赍发:资助。②使:用。

课外试题

史进是心甘情愿投奔少华山吗?

答案:不是。史进本来与少华山的朱武、陈达、杨春几人有交情,并且他们曾多次邀请史进加入,但史进婉拒说自己是一个清白好汉,不能落草为寇毁坏了祖宗名声。又然事发后,他无处可逃只得投奔少华山了,将养伤势后正式入了伙。

第七回

林教头
结拜鲁智深

人物	林冲（天雄星）
绰号	豹子头（梁山排名第6位）
性格	逆来顺受
兵器	丈八蛇矛、花枪

点题

交朋友要交志同道合的朋友，如果朋友没做坏事，什么时候都不能出卖朋友。

大相国寺菜园附近有二三十个无赖，为首的叫张三、李四，靠偷菜园的菜度日。他们听说相国寺新来个管菜园的，就准备教训教训他，好方便以后偷菜。

智深来到菜地，张三、李四带着几十个无赖借口来请安，跪在一个粪坑边给智深磕头。智深不知是计，走过去扶。张三、李四趁机各抱住智深一条腿，想把他扔进粪坑，没想到智深一腿一个，反把二人掀进粪坑。智深的威武一下子震住众无赖。无赖们凑钱买了好酒好菜，在廊（xiè）宇内一棵垂杨树下摆开桌子，请智深吃饭。碰巧这时，树上的老鸹（guā）叫了起来，无赖们都说不吉利，要上树把老鸹窝掏了。智深说："看我的！"说完便脱下僧衣，来到树下，把树晃了晃，弯下腰，双手抱住树蔸（dōu），猛地一使劲，竟把树连根拔了起来。众无赖这才心服口服，拜

林冲，曾多次遭受高太尉等人的陷害而被逼上梁山，曾火拼王伦，尊晁（cháo）盖为新的寨主，位列马军五虎将。

031

倒在地。智深说："这算什么，有机会让你们见识见识我使兵器。"

又一天，智深在院中的绿槐树下铺席摆酒回请众无赖。喝到高兴的时候，智深取出禅杖，使得像车轮一般，呼呼生风，众人一齐喝彩。

这时院子围墙豁（huō）口处也有人喊："真的使得好！"智深寻声望去，问："他是谁？"李四说："他是八十万禁军枪棒教头豹子头林冲。"智深高叫："林教头过来坐坐，认识认识？"林冲倒也爽快，跳过墙来。两人因为互相仰慕，所以一见如故，结拜成了弟兄。智深年龄大，林冲尊他为兄。

林冲到这里，是陪妻子和丫鬟（huán）锦儿到隔壁的岳庙还香愿的，路过时听到围墙里面有人吆喝使棒，就让丫鬟陪妻子先去烧香，自己则过来观看，想不到结识了智深。智深重上酒菜，林冲刚喝三杯，只听锦儿在墙豁口高喊："老爷快去，娘子被一个花花公子拦住了。"

林冲匆匆赶到岳庙，到了五岳楼看时，只见一伙人围在那里，一个后生正拦住妻子。林冲一步上前，扳过那人肩头挥拳要打，却认出是顶头上司高俅的义子高衙（yá）内。

这高衙内平时仗势欺人、横行霸道。他不识得那是林冲的妻娘子见了林冲，便命他别多管闲事。跟他一起来的人有认识林冲的，赶忙打圆场，总算把两人劝开了。

那高衙内自从见了林冲的妻子，就念念不忘。他手下有个狗腿子叫富安，与高俅殿帅府的虞（yú）候陆谦合谋，设下一条计策，想引林娘子上钩。

这陆谦和林冲是发小，但为了巴结高俅，就昧（mèi）着良心配合富安。一日，陆谦到林冲家，说是请林冲到自己家喝酒。但两人出了门，陆谦又说去樊（fán）楼内喝酒。于是两人进了樊楼，占了一个内阁，喝酒聊天起来。

喝了一会儿，林冲想上厕所，刚下酒楼，就看见锦儿正满大街寻找他。原来林冲和陆谦刚出门，就有一个人跑来告诉林娘子，说林冲在陆

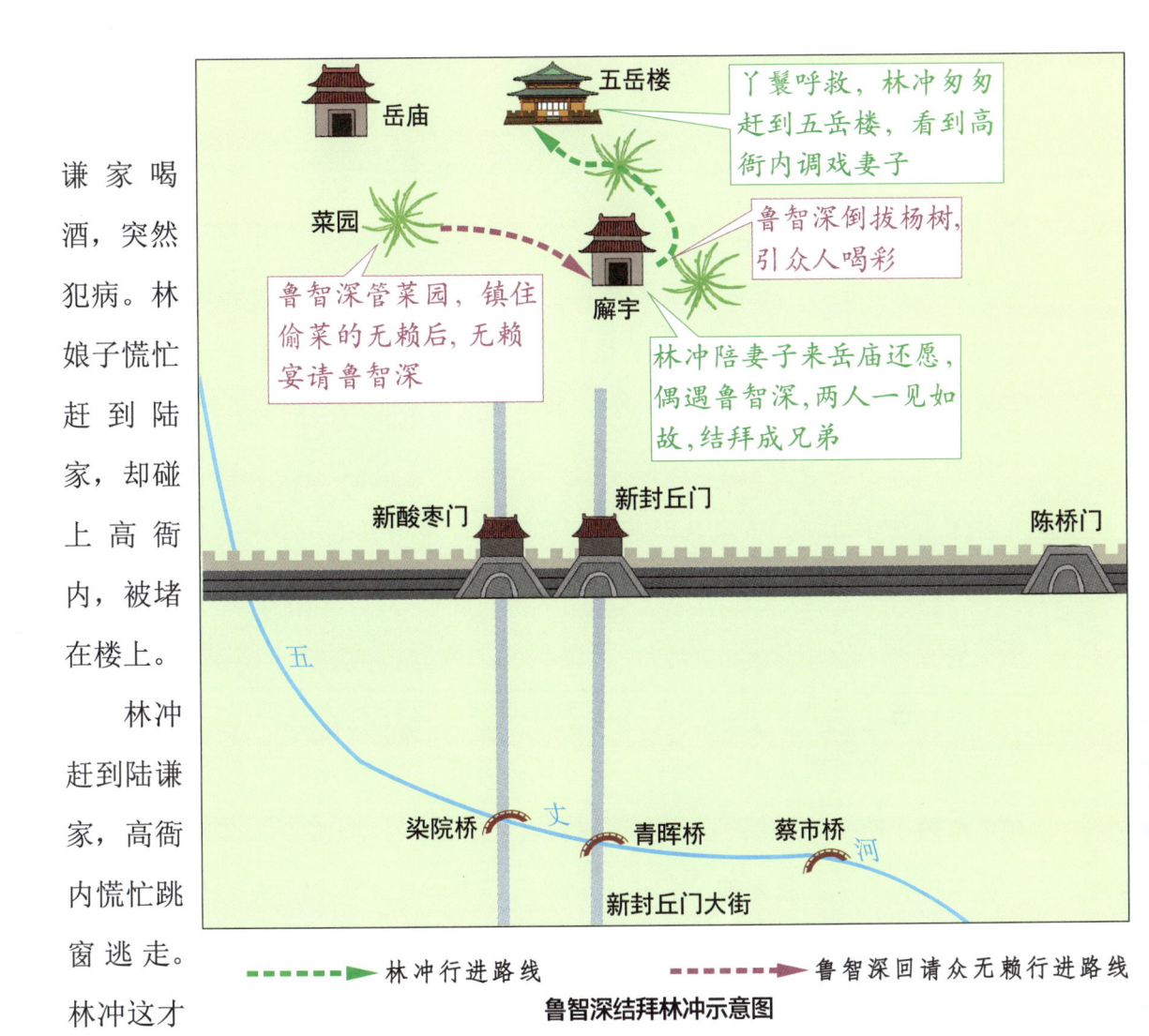

谦家喝酒，突然犯病。林娘子慌忙赶到陆家，却碰上高衙内，被堵在楼上。

林冲赶到陆谦家，高衙内慌忙跳窗逃走。林冲这才

鲁智深结拜林冲示意图

- 岳庙
- 五岳楼：丫鬟呼救，林冲匆匆赶到五岳楼，看到高衙内调戏妻子
- 菜园
- 廨宇：鲁智深倒拔杨树，引众人喝彩
- 鲁智深管菜园，镇住偷菜的无赖后，无赖宴请鲁智深
- 林冲陪妻子来岳庙还愿，偶遇鲁智深，两人一见如故，结拜成兄弟
- 新酸枣门、新封丘门、陈桥门
- 染院桥、青晖桥、蔡市桥
- 五丈河
- 新封丘门大街

- - - ▶ 林冲行进路线　　- - - ▶ 鲁智深回请众无赖行进路线

知道陆谦和高衙内串通一气，不由得怒气冲天，把陆家砸个稀烂。把妻子和锦儿送回家后，林冲又去找陆谦，一连三天，也没找到。

第四天，鲁智深来了，林冲也没提起这事，只是喝酒聊天。这两人天天不是你请我，就是我请你，以致林冲倒把陆谦的事放了下来。

经典名句

不怕官，只怕管。
世事到头终有尽，浮花过眼总非真。

经典原文

话说那酸枣门外三二十个泼皮[①]破落户[②]中间，有两个为头的，一个叫做过街老鼠张三，一个叫做青草蛇李四。这两个为头接将来，

033

智深也却好去粪窨（jiào）边，看见这伙人都不走动，只立在窨边，齐道："俺特来与和尚作庆。"智深道："你们既是邻舍街坊，都来廨（xiè）宇③里坐地。"张三、李四便拜在地上，不肯起来，只指望和尚来扶他，便要动手。智深见了，心里早疑忌道："这伙人不三不四，又不肯近前来，莫不要颠（diān）④洒家？那厮（sī）却是倒来捋（lǔ）虎须，俺且走向前去，教那厮看洒家手脚⑤。"

智深大踏步近前，去众人面前来。那张三、李四便道："小人兄弟们特来参拜师父。"口里说，便向前去，一个来抢左脚，一个来抢右脚。智深不等他占身，右脚早起，腾的把李四先踢下粪窨（fèn jiào）里去。张三恰待走，智深左脚早起，两个泼皮都踢在粪窨里挣侧。后头那二三十个破落户，惊的目瞪痴呆，都待要走，智深喝道："一个走的，一个下去！两个走的，两个下去！"众泼皮都不敢动掸（dǎn）。只见那张三、李四在粪窨里探起头来。原来那座粪窨没底似深，两个一身臭屎，头发上蛆（qū）虫盘满，立在粪窨里，叫道："师父，饶恕我们！"智深喝道："你那众泼皮，快扶那鸟上来，我便饶你众人。"众人打一救，挽到葫芦架边，臭秽不可近前。智深呵呵大笑道："兀那蠢物，你且去菜园池子里洗了来，和你众人说话。"两个泼皮洗了一回，众人脱件衣服与他两个穿了。

注释：①泼皮：无赖。②破落户：名门望族败落后的子弟。③廨宇：官舍。因为北宋的大相国寺是官办的，所以称"廨宇"。④颠：摔。⑤手脚：这里指本事。

课外试题

鲁智深在哪里倒拔垂杨柳？

鲁智深来到东京大相国寺，被派去看菜园，因为他的力气大且胆子大，把菜园树上的乌鸦窝给倒拔起来。

第八回

野猪林林冲遭大难

点 题

不幸中的万幸，林冲遇到滕（téng）知府，免于死刑，但仍逃不脱高俅的毒手。

高衙内日夜思念林娘子，竟一病不起。陆谦、富安在高俅的帮助下又定下一个圈套来谋害林冲，夺走林娘子。

这一天，林冲正和智深同行到阅武坊巷口，只见一位大汉拿着一把刀，不住地在他俩旁边转悠叫卖，还有意无意地自言自语："满大街竟没有一个识货的。"这句话终于使得林冲注意到他了。林冲看那刀，只见寒气逼人，确是一把好刀。便以一千贯钱买下。

第二天晌（shǎng）午，两个当差的找上门，说："林教头，高太尉听说你买了一口好刀，让你拿过去给他瞧瞧。"林冲问："我怎么没见过你们？"当差的说："我们是新来的。"

林冲抱着刀，跟在二人后面，进了殿帅府。来到一个堂前，当差的说："你等着，我们进去禀报。"

林冲等了很久不见人出来，再一抬头看匾（biǎn）额上的字"白虎节堂"，不由心里咯噔一下，白虎节堂是军机重地，哪能随便到此？他正要转身离开，却见高俅走进来大声说："林冲，你手持利刃，擅（shàn）入白虎节堂，是想刺杀本官吗？"然后便不由分说，叫人把林冲绑了，押送

林冲误入白虎堂示意图

到开封府，让滕知府审讯后，开刀问斩。

滕府尹在听取了林冲的证词后，就将其收入牢里监押。开封府中有个当案孔目叫孙定，这天正好是他当值。这孙定为人善良、做事周全，被人们称为"孙佛"。他听说了林冲的事情后，与府尹据理力争，最后依着林冲的供词将"擅入白虎节堂"改成"误入白虎节堂"，免了林冲的死罪，将其发配至沧（cāng）州牢城，并派董超、薛霸二人押送前往。

陆谦找到董超、薛霸，给这两人十两黄金，说是高太尉让二人半路

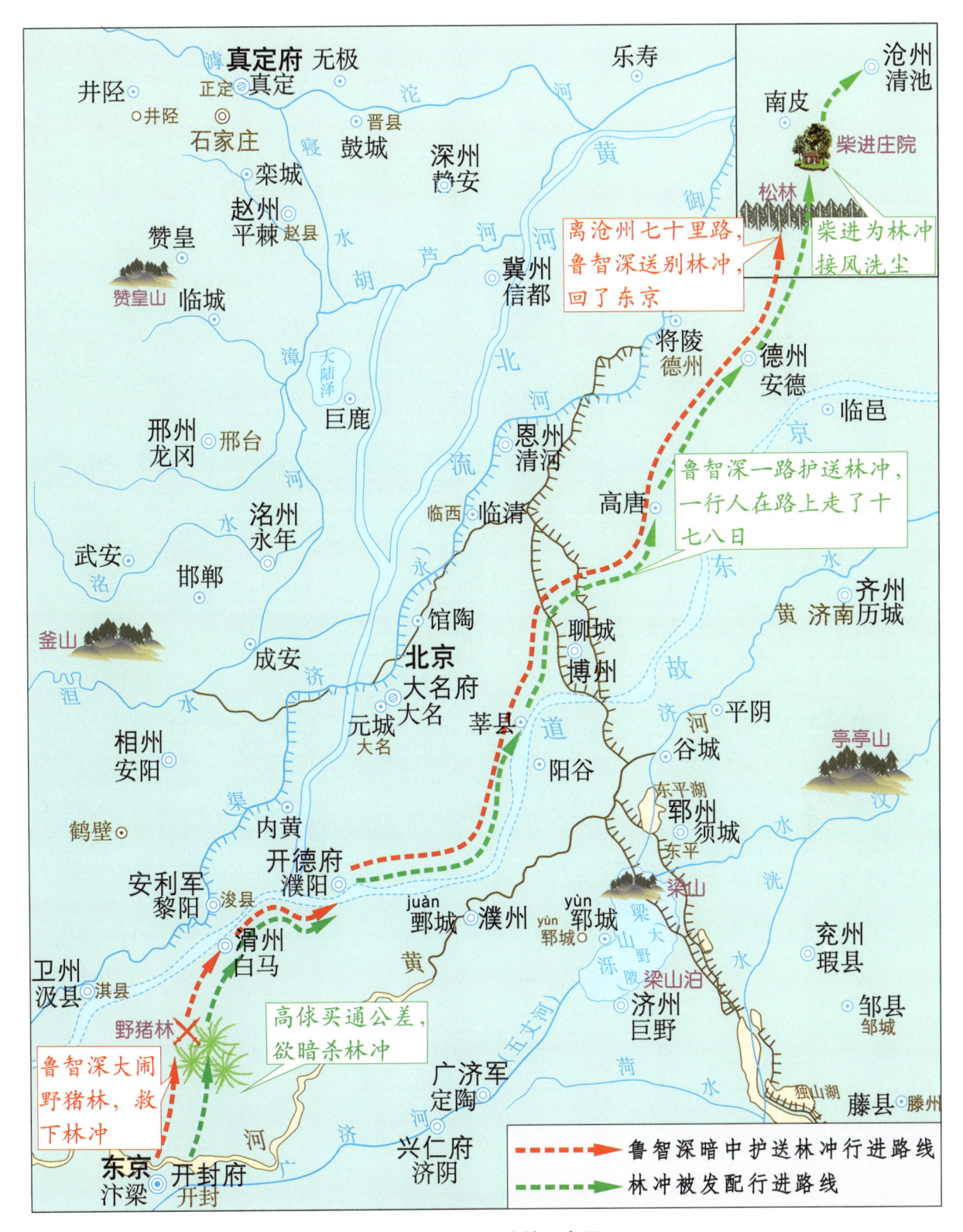

鲁智深大闹野猪林示意图

上杀死林冲，事成之后，还有重赏。

林冲与董超、薛霸三人上路。林冲一路受尽折磨，行动缓慢。这天天刚亮，在行走了三十多里后，三人来到野猪林。这野猪林地势险恶，很多人受冤枉吃官司后，仇家买便通公差，叫公差将他们带到这里杀害。

董超、薛霸说走累了歇歇，并借口怕林冲偷跑，把林冲绑在树上。绑好后，二人对林冲说："高太尉派陆虞候让我们杀你，别怪我们了。"说完，举起水火棍照头就打。

忽听树后有人大喝一声，鲁智深跳了出来，禅杖一挥，董超、薛霸手中的两条水火棍飞上天。接着鲁智深便要杀了二人。

林冲连忙止住鲁智深，为二人求情。于是智深便看在林冲的面子上饶了二人的性命。之后，这四人便一同前往沧州，在走了十七八日后，途径松林，四人于是稍作歇息。此时，智深探听到此处距离沧州只有七十里路，而且后面的路程也很安全，便决定与林冲分手。临走前智深一禅杖把松树拦腰打断，警告董薛二人说："这里离沧州已经不远，如果不把林教头安全送到，小心你们的狗命。"

原来鲁智深听说林冲吃了官司，却无法救他，得知他被发配到沧州后，就一路暗暗保护，终于在关键时刻救了林冲。

鲁智深虽然回了东京，但此时董超、薛霸只求保命，哪里还敢害人？他们买了一辆推车，推着林冲往沧州走去。

经典名句

天年不齐，遭了横事。

头上青天只恁（nèn）欺，害人性命霸人妻。

小园昨夜春风恶，吹折江梅就地横。

红轮低坠（zhuì），玉镜将明。

经典原文

只说董超、薛霸将金子分受入已，送回家中，取了行李包裹，拿了水火棍，便来使臣房里取了林冲，监押上路。当日出得城来，离城三十里多路歇了。宋时途路上客店人家，但是公人监押囚人来歇，不要房钱。当下董、薛二人带林冲到客店里，歇了一夜。第二日天明起来，打火①吃了饮食，投沧州路上来，时遇六月天气，炎暑正热，林冲初吃棒时，倒也无事，次后三两日间，天道②盛热，棒疮（chuāng）却发，又是个新吃棒的人，路上一步挨一步，走不动。董超道："你好不晓③事！此去沧州二千里有馀（yú），你这样般走，几时得到。"林冲道："小人在太尉府里折了些便宜，前日方才吃棒，棒疮举发，这般炎热，上下④只得担待一步。"薛霸道："你自慢慢的走，休听咭（jī）咶（huài）。"薛霸一路上喃喃（nán nán）咄咄（duō duō）的，口里埋冤叫苦，说道："却是老爷们晦气，撞着你这个魔头。"

注释：①打火：生火做饭。②天道：天气。③晓：懂得，明白。④上下：对公差的尊称。

课外试题

林冲在野猪林差点儿被害，是谁救了他？

答案：鲁智深。鲁智深放心不下林冲，一直暗中跟随，在野猪林救林冲，击晕董超和薛霸，救出林冲后，并护送了一段路程。

第九回

柴官人关照豹子头

人物	柴进（天贵星）
绰号	小旋风（梁山排名第10位）
性格	仗义疏财
兵器	穿心透骨点钢枪

点 题

和人交往，要有宽以待人之心，如果度量狭窄，吃亏的往往是自己。

晌午到了，三人到路边一个小酒店吃饭，听店主人说附近有个柴进柴大官人，专爱结交天下好汉。林冲早就听过小旋风柴进的名字，说想去拜访一下。董超、薛霸乐得去吃白食，就答应了。

三人来到柴进庄上，刚好柴进打猎回来。林冲忙上前自报姓名。柴进素来敬仰，便隆重备下酒席，为林冲接风洗尘，董、薛在下首陪着。

四人正喝酒，只见从外面进来个人。柴进连忙给双方引见。林冲听庄客叫那人洪教头，猜想他是柴进的师傅，急忙起身行大礼。那人却只是嘴里说："别客气，别客气。"既不还礼，也不搀扶，柴进见了有点生气。林冲又请洪教头上坐，洪教头也不谦让，径直坐在林冲的位

柴进，后周皇族后裔，人称柴大官人，帮助过宋江、林冲等人，后入伙梁山，掌管钱粮。

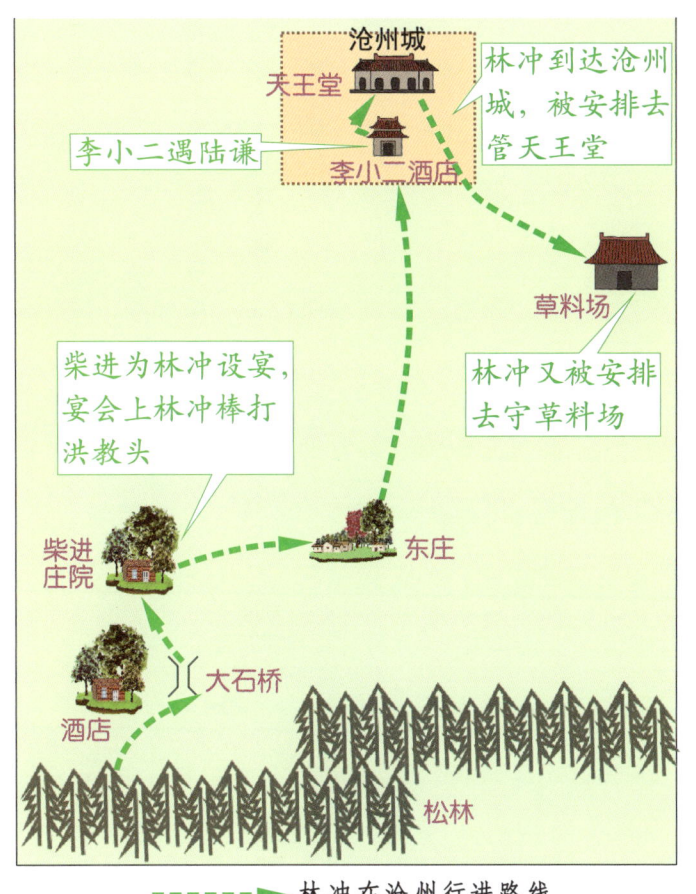

[图示:林冲棒打洪教头]

沧州城 — 天王堂
林冲到达沧州城,被安排去管天王堂
李小二遇陆谦 — 李小二酒店
草料场
林冲又被安排去守草料场
柴进为林冲设宴,宴会上林冲棒打洪教头
柴进庄园 — 东庄
酒店 — 大石桥
松林
- - - → 林冲在沧州行进路线

林冲棒打洪教头

置上,把林冲挤到下首,柴进心里更不痛快了。

五人边吃边聊,洪教头语言上对林冲非常轻慢,甚至说要跟林冲比试枪棒。柴进也想看看林冲武艺,此外更希望林冲赢了洪教头,教训他一下,于是取出一锭(dìng)大元宝作为奖赏。结果林冲打败了洪教头。

柴进留林冲住了几天。林冲离去时,柴进写了两封信,还送了二十五两银子给林冲,并交代:"州官是我朋友,管营、差拨也得过我不少好处,你递上信,他们自会照料你,冬天的棉衣我也会派人给你送去。"

第二天,吃完早饭后,辞别了柴进,林冲戴上枷锁由董超、薛霸押送着前往沧州。中午的时候,三人便到达了沧州城。董超、薛霸递上公文,知州写了回信,董超、薛霸就拿着回信回东京了。林冲因为有柴进关照,在牢里便没有被看守他的人过度为难。林冲又把柴进给他的银子送给管营、差拨,所以得去管天王堂,每日只扫扫地、上上香就算完事。到了深秋,柴进又派人送来棉衣和银两。

经典名句

有钱可以通神。

杀人须见血,救人须救彻。

杨柳岸晓垂锦旆(pèi),杏花村风拂青帘。

闻香驻马,果然隔壁醉三家;知味停舟,真乃透瓶香十里。

仗义疏财欺卓茂,招贤纳士胜田文。

好似晋王临紫塞,浑如汉武到长杨。

经典原文

两个教头在明月地上交手,使了四五合棒,只见林冲托地跳出圈子外来,叫一声:"少歇!"柴进道:"教头如何不使本事?"林冲道:"小人输了。"柴进道:"未见二位较量,怎便是输了?"林冲道:"小人只多这具枷(jiā),因此权当输了。"柴进道:"是小可①一时失了计较②。"大笑着道:"这个容易。"便叫庄客取十两银来,当时将至。柴进对押解两个公人道:"小可大胆,相烦二位下顾③,权把林教头枷开了,明日牢城营内但有事务,都在小可身上。白银十两相送。"董超、薛霸见了柴进人物轩昂,不敢违他,落得做人情,又得了十两银子,亦不怕他走了。薛霸随即把林冲护身枷开了。柴进大喜道:"今番两位教师再试一棒。"

注释:①小可:古时自我谦称,普通人。②失了计较:欠考虑。③下顾:照顾。

课外试题

在柴大官人家里,林冲和谁比武?

答案:林冲刺配沧州途中,路过柴进庄上,柴进热情款待十分热情,随后与林冲比武一番,林冲战胜后,二人便成为极好的朋友上场比武。

第十回

豹子头报仇山神庙

点题

坏人做坏事喜欢赶尽杀绝，林冲忍无可忍终于出手！

一天，林冲遇见他原来在东京搭救过的李小二。现在这李小二在沧州牢营对面开了一家酒店。遇见恩人，李小二夫妻自然非常高兴，对林冲非常恭敬孝顺，就像一家人。

一个隆冬的上午，林冲来李小二店里串门。李小二告诉林冲一件事：两个东京口音的客人来到酒店，给他一锭（dìng）银子，让他把管营、差拨请来。可管营、差拨来了，并不认识那客人，问那客人名字，那客人也不说，只叫安排酒菜。李小二上酒菜时，听到那东京口音的客人提到"高太尉"。李小二怕和林冲有关，就让妻子王氏暗地偷听，结果王氏从门缝看到，那客人掏出一包金银交给管营，管营接过金银营说："包在我们身上，要了他的命。"

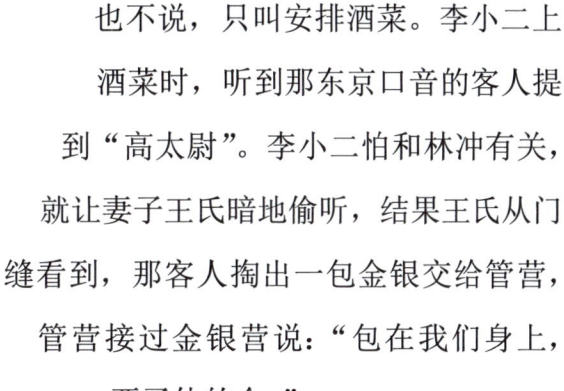

林冲问那客人长相，得知正是陆谦。林冲明白了高俅和陆谦还没死心，非要置自己于死地。

林冲欲上梁山示意图

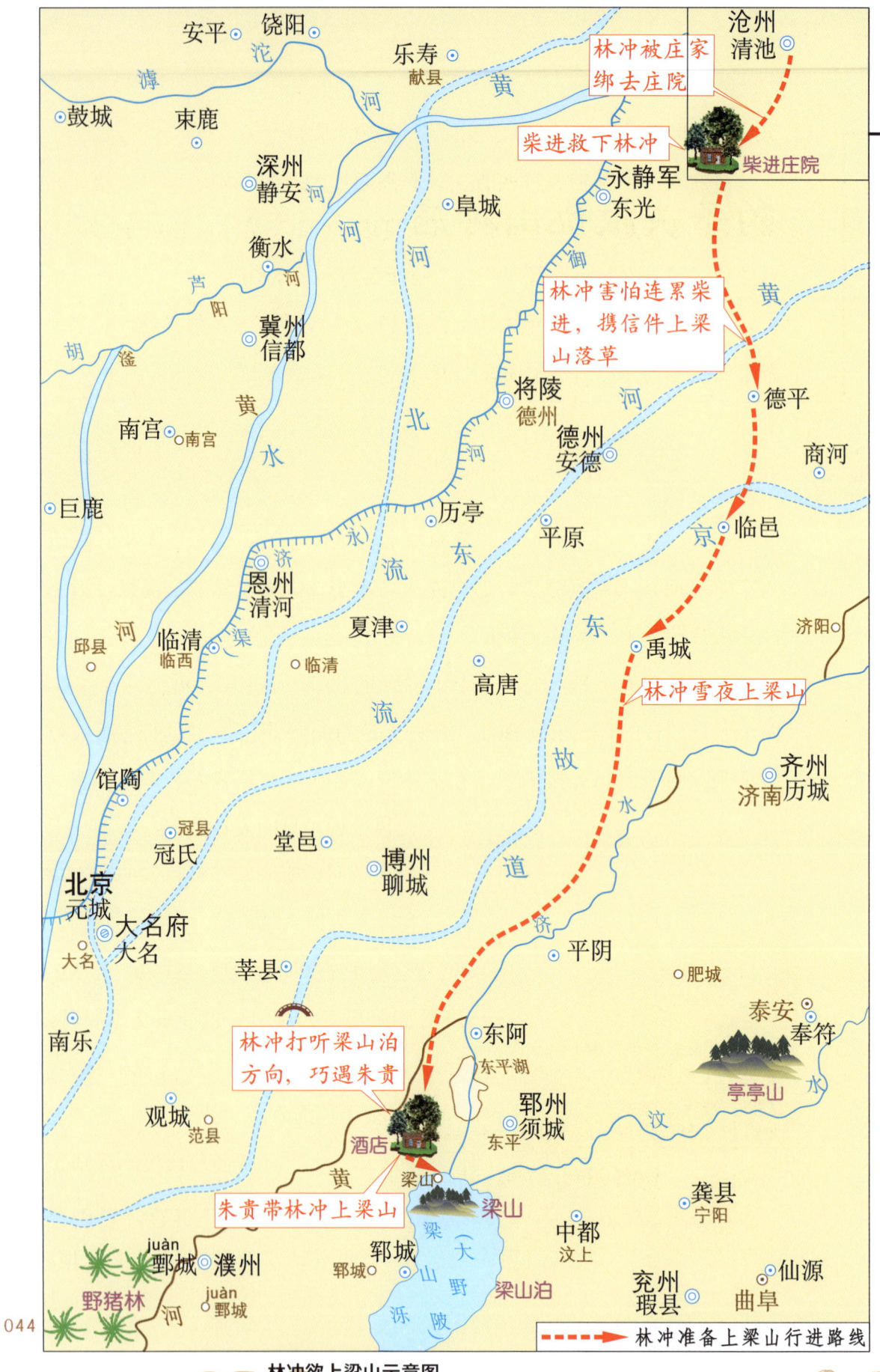

于是他上街买了把尖刀，找了五天，也没找到陆谦。

第六天，管营把林冲叫去，说距离东门十五里的地方，有一座大军草料场，原来是一个老军看管，现在将这个差事交给你，这可是个好差。林冲纳闷了，不知道管营葫芦里卖的什么药，只能暗暗提防。

这天，天上飘着鹅毛大雪。差拨带着林冲早早来到草料场，和老军办了交接手续，然后老军便离开了。

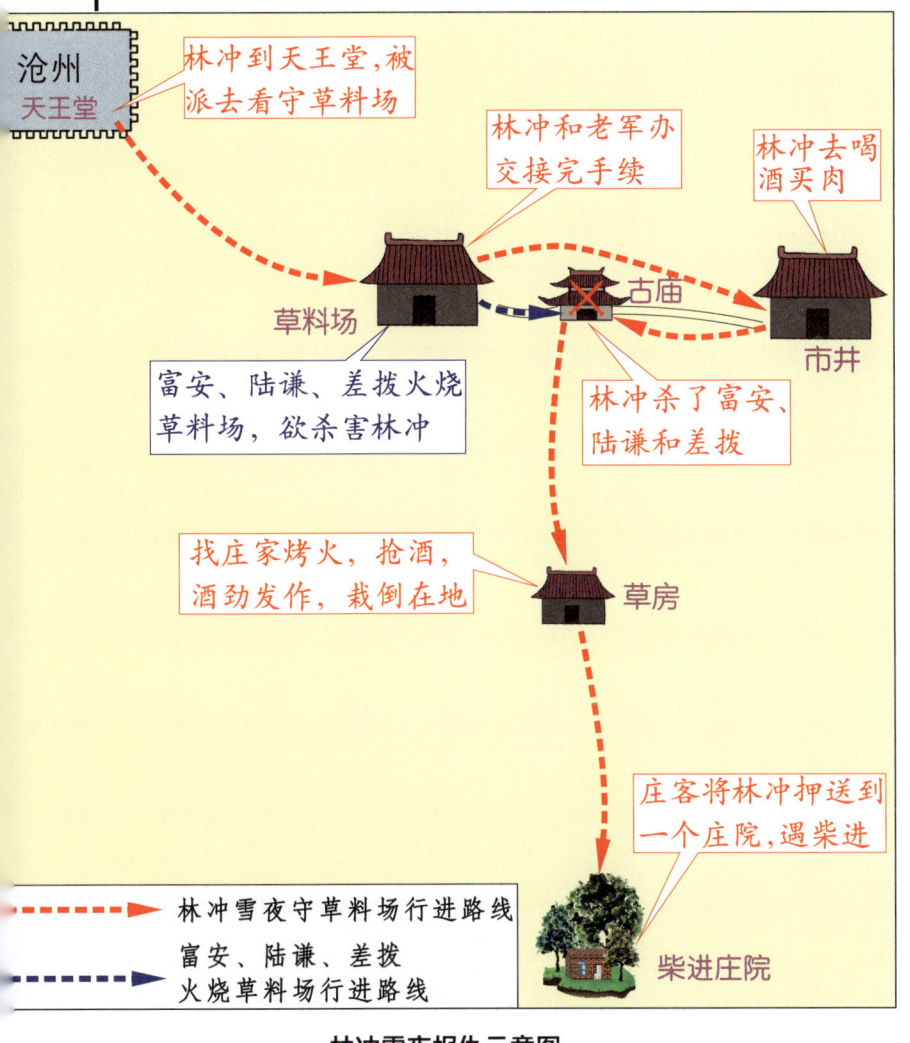

林冲在一间草屋内生了火烤身子，但还是觉得冷，就用花枪挑了老军留下的酒葫芦，去东边市井中的酒馆里，要了一盘牛肉，喝了几碗酒，又买了几斤牛肉揣（chuāi）在怀里，打了一葫芦酒，便回去了。

这时天已黑透，那雪越

沧州 天王堂
- 林冲到天王堂，被派去看守草料场
- 林冲和老军办交接完手续
- 林冲去喝酒买肉
- 草料场
- 富安、陆谦、差拨火烧草料场，欲杀害林冲
- 古庙
- 林冲杀了富安、陆谦和差拨
- 市井
- 找庄家烤火，抢酒，酒劲发作，栽倒在地
- 草房
- 庄客将林冲押送到一个庄院，遇柴进
- 柴进庄院

→ 林冲雪夜守草料场行进路线
→ 富安、陆谦、差拨火烧草料场行进路线

林冲雪夜报仇示意图

045

下越大。林冲回到草料场，见大雪把草房压塌，就扒出一条棉被，扛起花枪，来到半里外的古庙中，顶上庙门，把被子裹在身下，拿出牛肉，喝酒取暖，准备熬过一夜。

突然有火光照进庙内。林冲跳起来从门缝一看，只见草料场着火了。他正要开门救火，因见有三个人影跑了过来，便躲在门边。那三人推庙门没推开，就站在门口说话。其中两人的声音林冲再熟悉不过了，那人正是陆谦和富安。只听差拨说："这计策好吗？"陆谦说："还是管营、差拨有办法。我回去跟高太尉说，保你们做大官。"富安说："我放了四五处火，没有死角。"差拨说："即使烧不死他，烧了草料场也是死罪。"

林冲一听气炸了肺，猛地拉开庙门，提着花枪冲了出去。三人见是林冲，吓得浑身直哆（duō）嗦（suo），个个转身想逃。林冲先把富安杀死后，将陆谦一刀挖出心肝，最后杀死差拨，割下三颗人头，摆在庙中供桌上，一仰脖喝完葫芦里的冷酒，提上花枪，出门向东走去。

经典名句

吃饭防噎（yē），走路防跌。

最怜万死逃生地，真是瑰（guī）奇伟丈夫。

宇宙楼台都压倒，长空飘絮飞绵。

经典原文

林冲听那三个人时，一个是差拨，一个是陆虞候，一个是富安。林冲道："天可怜见林冲，若不是倒了草厅，我准定被这厮们烧死了。"轻轻把石头掇（duō）开，挺着花枪，左手拽开庙门，大喝一声："泼贼那里去！"三个人都急要走时，惊得呆了，正走不动。林冲举手胳察（gē chá）①的一枪，先戳（chuō）倒差拨。陆虞候叫声："饶命！"吓的慌了手脚，走不动。那富安走不到十来步，被林冲赶上，后心只一枪,又戳倒了。翻身回来,陆虞候却才行的三四步,林冲喝声道:"好贼,你待那里去!"批胸②只一提,丢翻在雪地上,把枪搠(shuò)在地里,用脚踏住胸脯,身边取出那口刀来,便去陆谦脸上阁着,喝道:"泼贼!我自来又和你无甚么冤仇,你如何这等害我!正是杀人可恕,情理难容。"陆虞候告道:"不干小人事,太尉差遣,不敢不来。"林冲骂道:"奸贼,我与你自幼相交,今日倒来害我,怎不干你事!且吃我一刀。"把陆谦上身衣服扯开,把尖刀向心窝里只一剜(wān)③,七窍迸出血来,将心肝提在手里。回头看时,差拨正爬将起来要走。林冲按住喝道:"你这厮原来也恁(nèn)④的歹!且吃我一刀。"又早把头割下来,挑在枪上。回来,把富安、陆谦头都割下来,把尖刀插了,都摆在山神前供桌上。

注释:①肐察:拟声词,动刀动枪的声音。②批胸:劈胸。③剜:挖。④恁:这么。

课外试题

哪三个人勾结起来想害林冲?

答案:沧州大军草料场管营、差拨和陆虞候三个人勾结起来,想用火烧死林冲。后因天降大雪压塌了草厅,林冲被迫去山神庙过夜,才躲过一劫,并杀死了林冲仇敌。

第十一回

风雪夜林冲上梁山

人物	朱贵（地囚星）
绰号	旱地忽律（梁山排名第91位）
性格	行事缜（zhěn）密、好杀
兵器	朴刀、鹊画弓

点题

林冲走投无路，被逼上梁山，其实梁山也不是那么容易说上就上的。

天到四更，林冲越走越冷，正好前面有几间草屋，他推门进去，只见中间坐着一位老庄家，周围坐着四五位小庄家正围着地炉烤火。林冲进去请求让他也烤烤火，几个人就让出个空位来。林冲烤了一阵，身上还是瑟瑟发抖，抬眼看见旁边有桶酒，就想买几碗喝，结果人家不卖。林冲这时头脑已昏，没道理地把几个人全部打跑，然后把那酒喝了半桶，提枪出门。他走了几里地，酒劲发作，一头栽倒在雪地里。而被林冲打跑的那几位庄家在回去找到帮手后又来找林冲报仇，最终在雪地里找到醉倒的林冲后便将其绑了起来，押解到了一个庄院。

林冲醒后便发现自己被吊在楼门下，便大声质问，没想到竟遭到毒打，后来听见有一庄客喊道：

> 朱贵，沂州沂水县人，梁山的开山元老，宋江担任寨主时期，和杜兴一起经营梁山酒店。

"大官人来了",而这大官人也不是别人,正是柴进。原来这里是柴进的东庄,于是救下林冲,并向他询问为何落到如此田地。林冲便详细说了草料场的事。柴进听罢,不禁感叹道:"兄长的命运竟然如此坎坷,今天既然来了此处,便请放心,在这里稍住几日,再做商议。"

在柴进庄上住了六七天,林冲得知官府正在通缉(jī)他,害怕自己连累柴进便提出要离开。柴进说山东济州有个梁山泊(pō),有三个人在那里占山为王。为首的是白衣秀士王伦,二头领是摸着天杜迁,三头领是云里金刚宋万。因他们过去都受过柴进恩惠,如果林冲想去,只要柴进推荐,他们一定会接受。

林冲左思右想,觉得自己已被逼得走投无路,要想活命,只有上山落草了,便带着柴进的信件往梁山泊方向而去。

经过十多天的跋涉,林冲在一家酒馆吃饭,顺便向伙计打听梁山泊的路途。刚好梁山头领旱地忽律朱贵在场。在林冲说明来意之后,朱贵便决定将林冲带上梁山。

第二天五更的时候,朱贵便带着林冲乘着快船,向着金沙滩驶去。到了金沙滩后,朱贵和林冲便步行上山。林冲看到岸上的两边都是很粗的大树,半山坡上有一座断金亭子,再往前走只见一座大关。二人进入关后,又过了两座关隘(ài),方来到山寨门口。林冲只见四面都是高山,有三座雄关,团团围住,靠着山门的是正门,两边都是耳房。朱贵引着林冲来到聚义厅上。

林冲一一拜见了三个头领,并向大头领白衣秀士王伦呈上柴进的书信。王伦边看书信边想:柴进说这林冲是个了不起的人,他若来了,岂不夺了我们的位置?于是,王伦吩咐摆下酒席,款待林冲,饭后便让人拿出五十两银子和两匹绸(chóu)缎(duàn),婉言谢绝林冲入伙。

朱贵心里不高兴,说:"柴大官人对山寨(zhài)恩深如海,他推荐来的

林冲正式上梁山示意图

人，哥哥怎么好往外推？"杜迁、宋万也一再劝说王伦留下林冲。林冲也苦苦哀求。

半晌，王伦才松口，让林冲三天之内交份投名状，若三天不交，绝不留

林冲步行上梁山行进路线示意图

人。林冲以为是要立字据，朱贵却解释说，去杀一个人，割下人头来，就是投名状。林冲只好照办。

第一天，林冲在路上没等到一个行人。第二天，小喽啰引林冲到另一条路上设下埋伏。下午过来一队客商，足有三四百人。林冲见人多势众，无法下手，又空手而回。第三天，小喽啰又引林冲到东山路上设伏，晌午时，终于看见一个人挑着担子走过来。林冲大叫一声冲了出去，那人惊叫一声，扔下担子跑了。小喽啰说："没有人头，有财物也可以抵投名状。"林冲听完后说："那你现将担子挑上山，我再等一会儿"。小喽啰便将担子挑上山去，但此时山坡下却跑来一位大汉。林冲顿时觉得喜从天降，忙前去迎战。

经典名句

千里投名，万里投主。

他年若得志，威镇泰山东。

经典原文

当下王伦叫小喽啰一面安排酒食，整理筵（tíng）宴，请林冲赴席，众好汉一同吃酒。将次①席终，王伦叫小喽啰把一个盘子托出五十两白银、两匹纻（zhù）丝来。王伦起身说道："柴大官人举荐将教头来敝（bì）寨入伙，争奈小寨粮食缺少，屋宇不整，人力寡薄，恐日后误了足下②，亦不好看。略有些薄礼，望乞笑留，寻个大寨安身歇马，切勿见怪。"林冲道："三位头领容禀：小人千里投名，万里投主，凭托柴大官人面皮，径投大寨入伙。林冲虽然不才，望赐收录，当以一死向前，并无诌佞（zhōu nìng）③，实为平生之幸。不为银两赍（jī）发而来，乞头领照察。"王伦道："我这里是个小去处，如何安着得你。休怪，休怪！"朱贵见了，便谏（jiàn）④道："哥哥在上，莫怪小弟多言。山寨中粮食虽少，近村远镇，可以去借；山场水泊，木植广有，便要盖千间房屋却也无妨。这位是柴大官人力举荐来的人，如何教他别处去？抑且柴大官人自来与山上有恩，日后得知不纳此人，须不好看。这位又是有本事的人，他必然来出气力。"

注释：①将次：将要。②足下：对别人的敬称，您。③诌佞：胡说乱道。④谏：规劝。

课外试题

林冲很顺利地上了梁山吗？

答案

不是。林冲刚来投奔梁山时，王伦嫌弃林冲是沧州逃窜至自己的位置，有人不服顺就要提他的位子，便让林冲为难给他一个下马威，要求其入伙作投名状献出自己上梁山的决心，并且限他三日内交出。

第十二回

汴京城
杨志卖宝刀

人物	杨志（天暗星）
绰号	青面兽（梁山排名第17位）
性格	精明能干、粗暴蛮横
兵器	朴刀、浑铁点钢枪

点 题

杨志的运气不好，连卖刀也卖出人命来了。

这时，跑来一个大汉，手中提刀，大声叫喊："强盗，还我财宝！"林冲看那大汉，身材魁（kuí）梧，脸上有块很大的青色胎记。他提起刀，向那大汉杀去。二人打了三四十回合，不分胜负。忽然山上有人高喊："二位住手！"两人停下，往山上看去，却是王伦等人。王伦三人下山，来到二人面前，互相说了姓名。那汉子叫杨志，绰号青面兽，有一身武艺，攒（cuán）了一担珠宝，准备上京打点，求个一官半职，路过这里，不想被林冲截了。

林冲也久闻青面兽大名，今天相遇，很是高兴。王伦却另有想法，他想留下杨志牵制林冲，但杨志不肯当山大王，王伦只好由他去。

杨志出了山寨，挑着担子，顺着道路，

杨志，杨家将后人，曾任殿帅府制使，因生辰纲被劫上二龙山落草，后入伙梁山，位列马军八骠骑兼先锋使。

053

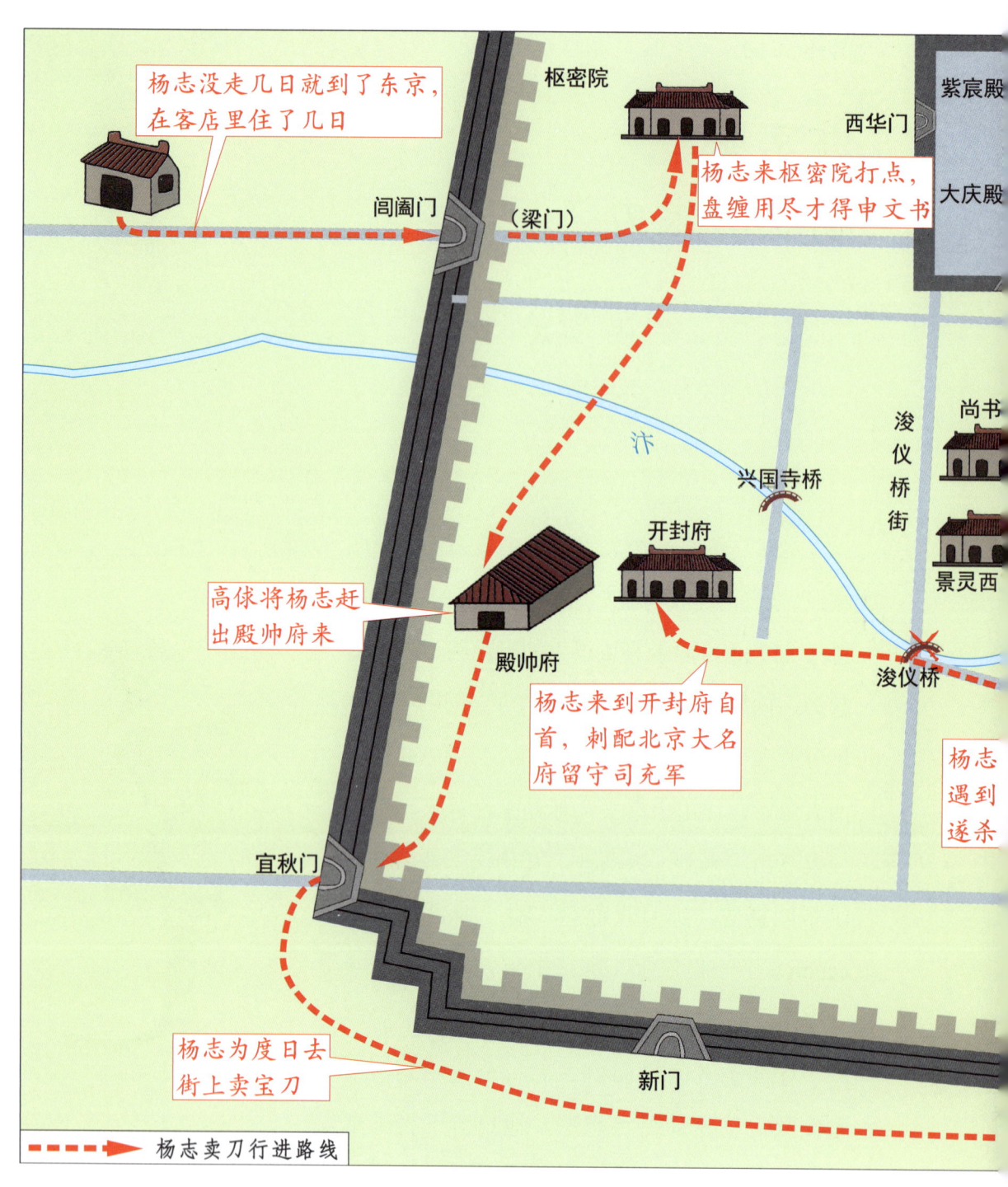

东京城杨志卖刀示意图

东华门

潘楼　　潘楼街

任店街
旧曹门

榆林巷

观音院

相国寺　　第二天水巷　　第一天水巷

布防阵地

州桥

相国寺桥

天汉桥(州桥)，
负牛二胡搅蛮缠，

汴河大街

汴　河

旧宋门（万华门）

汴河大街

马行街

杨志在马行街内走了很久，都没人来问

御街

上土桥

雀门　保康门

汴河角子门

没走几日就来到了东京。进入城后,杨志便找到了一个客店安歇下来,过了几天,便求人去枢密院打点。他将许多金银财宝都花完后,才得到了申文书,被带到殿前见高太尉时,高俅将所有的文书看完后,十分愤怒,认为他不光丢了花石纲,而且还不自首,难当大任,便将他赶出了殿司府。

此时,杨志身上的钱已用完,唯一值钱的,就是随身携带的那口祖传宝刀了。为了度日,杨志只好去街上卖刀。

他提着宝刀到市里去卖,在马行街内走了很久,都没人来问。他刚走到天汉州桥人多的地方,就看到一个喝得醉醺(xūn)醺的黑大汉走了过来。人们都远远地躲开了。因为这黑大汉是本地有名的地痞无赖,名叫牛二,外号没毛大虫。

牛二问:"你的刀卖多少钱?"

杨志说:"三千贯。"

牛二说:"什么鸟刀这么贵?"

杨志说:"我这是宝刀,第一,削铁如泥;第二,吹毛可断;第三,杀人不沾血。"

牛二就到一家店铺讨来二十个铜钱,摞(luò)在硬物上。杨志一刀下去,把铜钱剁(duò)成两半;牛二又揪了一撮(zuǒ)头发,杨志往刀口上一吹,头发断为两截;牛二又让杨志去杀人,杨志说:"怎么可以随便杀人?找条狗杀了吧!"牛二胡搅蛮缠:"你刚才说的是杀人,不是杀狗。你有胆,把我杀了吧!"杨志说:"我与你无冤无仇,为什么杀你?"牛二说:"你不杀我,就得把刀给我。"杨志转身就走,牛二扑上去,又踢又打,把杨志打恼了,咔(kā)嚓(chā)一刀把牛二杀了。

杨志来到开封府,投案自首。街上的老百姓都认为杨志替他们除了一害，纷纷凑钱为他疏通关系。官府也觉得杨志是条好汉，有意开脱他，就打了他二十脊（jǐ）杖，将他发配到北京大名府留守司充军。

经典名句

大秤分金银，大碗吃酒肉，同做好汉。
豹子头逢青面兽，同归水浒乱乾坤（qián kūn）。
岂知奸佞残忠义，顿使功名事已非。

经典原文

王伦指着林冲对杨志道："这个兄弟，他是东京八十万禁军教头，唤做豹子头林冲。因这高太尉那厮安不得①好人，把他寻事刺配沧州，那里又犯了事，如今也新到这里。却才制使要上东京干勾当②，不是王伦纠合③制使，小可兀自弃文就武，来此落草。制使又是有罪的人，虽经赦（shè）宥（yòu）④，难复前职。亦且高俅那厮现掌军权，他如何肯容你？不如只就小寨歇马，大秤分金银，大碗吃酒肉，同做好汉。不知制使心下主意若何？"杨志答道："重蒙众头领如此带携（xié），只是洒家有个亲眷（juàn），见在东京居住。前者官事连累了他，不曾酬（chóu）谢得他，今日欲要投那里走一遭。望众头领还了洒家行李，如不肯还，杨志空手也去了。"王伦笑道："既是制使不肯在此，如何敢勒（lè）逼入伙。且请宽心住一宵，明日早行。"杨志大喜。当日饮酒到二更方散，各自去歇息了。

注释：①安不得：容不下。②勾当：做事情。③纠合：联合。④赦宥（shè yòu）：宽恕赦免。

课外试题

杨志的那担金银是用来做什么的？

答案：打点关节，谋求上京做官。

第十三回

青面兽
北京大比武

人物	索超（天空星）
绰号	急先锋（梁山排名第19位）
性格	有勇无谋、急躁鲁莽
兵器	金蘸（zhǎn）斧

点题

出人头地的机会来了，杨志自然要紧紧抓住。

杨志被押到北京大名府留守司衙门。那留守名叫梁中书，是当朝太师蔡京的女婿，非常有权势。他见杨志有本事，就想提拔他做个副牌军，又怕众将不服，就传令众将到校场比武。

校（jiào）场的正将台上，站着李天王李成和闻大刀闻达两个都监相陪，他们都勇武过人。梁中书坐在演武厅正中，他传令副牌军周谨（jǐn）和杨志比武。闻达建议，为避免死伤，周谨和杨志各穿黑衫，去掉枪头，用毡（zhān）片包住，蘸上石灰，谁身上白点少谁胜。梁中书点头表示同意。

杨志和周谨奉命照做后，开始骑马比试枪法。五十回合下来，只见那周谨就像一头梅花鹿，身上斑斑点点，而杨志仅仅

索超，是北京大名府留守司正牌军原，后入伙梁山，为马军八骠骑兼先锋使之一。

左眉下有一个白点。梁中书正准备宣布让杨志顶替周谨的职务。李成却又对梁中书说，周谨枪法一般，擅长弓马，不如让他俩比箭。梁中书又传令让二人比箭。结果周谨连射三箭，都被杨志躲开，而杨志一箭就射中周谨。梁中书当场免去周谨的军职，让杨志代替。

这可惹恼了周谨的师傅正牌军索超。这索超性格暴躁，每次出征都爱打头阵，人称急先锋。索超对梁中书说："周谨输给杨志，是因为正生着病。杨志如果能胜了我，别说代替周谨的副牌军，就是我这正牌军也让给他。"梁中书看还有人不服，只得答应索超的请求，就让他与杨志比武。

索超全副武装，手握金蘸斧，胯下雪白马。杨志身披镔（bīn）铁甲，手提浑铁点钢枪，胯（kuà）下火炭赤千里嘶风马。二人斗了五十回合，不分胜负。梁中书两眼看呆了，众将军喝彩不迭，士兵们面面相觑（qù），心想"我们就是上过战场的也没见过这种厮杀。"连久经战阵的闻达、李成也连声称好。大家怕二虎相斗，必有一伤，忙请梁中书传令暂停休息，这二人才停止比武。

李成、闻达向梁中书禀报："二人武艺高强，都可重用。"梁中书大喜，赏杨志和索超每人一锭大元宝，并将二人都升为管军提辖。

自校场比武结束后，梁中书就十分赏识杨志。时光流逝，不知不觉就到了端午佳节，梁中书和蔡夫人在后堂设了家宴。宴会结束后，在谈到给岳父蔡京送礼的时候，蔡夫人就询问梁中书准备派谁前去，梁中书则告诉蔡夫人不必记挂此事，自己心中已有合适人选。

经典名句
武夫比试，何虑伤残？
棋逢敌手难藏幸，将遇良才怎用功。

杨志杀牛二迭配大名府示意图

经典原文

正南上旗牌官拿着销（xiāo）金令字旗，骤（zhòu）马①而来，喝道："奉相公钧旨，教你两个俱各用心，如有亏误处，定行责罚；若是赢时，多有重赏。"二人得令，纵马出阵，到教场中心，两马相交，二般兵器并举。索超忿（fèn）怒②，轮手中大斧，拍马来战杨志。杨志逞（chěng）威，拈手中神枪，来迎索超。两个在教场中间，将台前面，二将相交，各赌平生本事。一来一往，一去一回，四条臂膊纵横，八只马蹄撩（liáo）乱。当下杨志和索超两个斗到五十馀（yú）合，不分胜败。月台上梁中书看得呆了。两边众军官看了，喝采不迭（dié）③。阵面上军士们递相厮觑（qù）道："我们做了许多年军，也曾出了几遭征，何曾见这等一对好汉厮杀！"李成、闻达在将台上不住声叫道:"好斗!"闻达心里只恐两个内伤了一个,慌忙招呼旗牌官拿着令字旗,与他分了。将台上忽的一声锣响,杨志和索超斗到是处,各自要争功,那里肯回马。旗牌官飞来叫道:"两个好汉歇了,相公有令。"杨志、索超方才收了手中军器,勒坐下马,各跑回本阵来,立马在旗下,看那梁中书,只等将令。李成、闻达下将台来,直到月台下禀复梁中书道:"相公,据这两个武艺一般,皆可重用。"梁中书大喜,传下将令,叫唤杨志、索超。旗牌官传令,唤两个到厅前,都下了马,小校接了二人的军器。两个都上厅来,躬身听令。梁中书叫取两锭白银,两副表里来,赏赐二人。就叫军政司将两个都升做管军提辖(xiá)使,便叫贴了文案,从今日便参了他两个。索超、杨志都拜谢了梁中书,将着赏赐下厅来。解了枪刀弓箭,卸了头盔衣甲,换了衣裳。索超也自去了披挂,换了锦袄。都上厅来,再拜谢了众军官,入班做了提辖。众军卒打着得胜鼓,把着那金鼓旗先散。梁中书和大小军官,都在演武厅上筵(yán)宴。

注释:①骤马:纵马。②忿怒:愤怒。③喝采不迭:连声喝彩。

课外试题

杨志在大名府和哪些人比武了?

周谨和索超。杨志到了大名府,请到了梁中书的赏识,并安排他与副牌军周谨比武。其次,杨志与副牌军周谨进行了比武,比试了枪头和箭术,最后杨志胜出。接着,杨志与正牌军索超进行了比试,两人大战五十余回合,不分胜负。

第十四回

赤发鬼投奔晁天王

点题

晁（cháo）盖好好地做着村长，谁知却冒出个刘唐，从此改变了命运。

山东济州郓（yùn）城县，紧挨梁山，很不太平。新调来的知县时文彬，决定整顿治安，就把本县巡捕都头找来，那都头一个是马兵都头美髯（rán）公朱仝（tóng）；一个是步兵都头插翅虎雷横。

时知县命令他们："从现在起，你们两个每夜出城巡逻，一个出东门，一个出西门。发现盗贼，当场拿下。东溪村有棵红叶树，你们每晚在树下会合，摘几片树叶交给我，表示已巡城一周。如果偷懒，重重处罚。"

当晚，朱仝带人出西门巡捕，雷横则带着二十多个士兵从东门出去绕着村子巡视。雷横路过灵官殿时，发现了一个可疑的人。只见一个大汉脱得光溜溜的，睡在供桌上，一看就不是本地人。雷横一声令下，手下立即上前将那大汉像粽子一样捆住。

首次巡察便抓到盗贼，雷横心情特别好，对手下人说："反正要去东溪村的红叶树下摘树叶，我们不如顺便到东溪村晁保正家歇歇脚。"

雷横所说的那晁保正名叫晁盖，因为他曾双手举起过千余斤的镇河石塔，人称托塔天王，最喜仗义疏财，喜欢结交天下好汉。

雷横一行人押着大汉来到晁家，士兵们把大汉吊在门房。雷横告诉晁盖，"巡逻时在灵官殿抓了一个人，顺便来你家喝口茶。"晁盖就安排人在后厅摆酒饭，自己陪雷横他们喝酒。

喝了一会儿，晁盖借口上厕所，来到门房，见那被吊着的人长着一张紫黑色的大圆脸，鬓角有一块朱砂记，就说："你不是我们村的人呀？"那人说："我从外地来投奔晁天王，因为天晚，睡在灵官殿，被当贼捉了。"晁盖问："你找晁盖有什么事？"那人说："我来送他一份大礼。"晁盖说："我就是晁盖。一会儿我送官兵出来，你叫我舅舅，我救你。"

晁盖回去又陪雷横喝了几杯，雷横便要告辞回衙门去，晁盖送到门房。士兵解下那大汉，那大汉忙叫："舅舅救我。"晁盖装模作样看了那大汉几眼，诧异地问："这不是王小三吗？你怎么做了贼？"那大汉说："我没做贼。"雷横见大汉喊晁盖舅舅，忙说："他确实不是贼，因为睡在灵官殿，形迹可疑，我才把他捉了。"晁盖还是认为自己的外甥做了贼，气得抓起棍子就要打，雷横忙夺下棍子，让士兵放人。晁盖又拿了些银子酬谢雷横和士兵们，雷横等人便走了。

晁盖和那大汉则到后厅细谈。原来那大汉叫刘唐，因鬓（bìn）角有块朱砂记，又称赤发鬼。他打听到大名府梁中书为蔡太师准备了十万贯珠宝作为生日礼物，要赶在六月十五日生日前送到京都，打郓城县路过，就来邀约晁盖半道上将它抢了。晁盖听了让刘唐先休息一晚，第二天再说。

刘唐气不过自己平白无故被雷横捆吊半夜，还让晁盖因此贴了酒饭和银子，就拿了把朴刀，一溜烟地去追雷横要回银子。追上后，两人打了起来，打了五十回合不分胜负。这时路边篱笆门内走出一个秀才打扮的人，他用手中的铜链将两个人的兵器分开，随后向两人问清事情经过，便开始规劝起来两人，但两人哪里肯听，又要动手。这时恰好晁盖赶来，才止住了刘唐，劝走了雷横。

经典名句

闲暇（xiá）时抚琴会客，忙迫里飞笔判词。名为县之宰官，实乃民之父母。

经典原文

两个同走出来，那伙土兵众人，都得了酒食，吃得饱了，各自拿了枪棒，便去门房里解了那汉，背剪缚着带出门外。晁盖见了，说道："好条大汉！"雷横道："这厮便是灵官庙里捉的贼。"说犹未了，只见那汉叫一声："阿舅，救我则个！"晁盖假意看他一看，喝问道："兀（wù）的①这厮不是王小三么？"那汉道："我便是，阿舅救我。"众人吃了一惊。雷横便问晁盖道："这人是谁？如何却认得保正？"晁盖道："原来是我外甥（shēng）王小三。这厮如何在庙里歇？乃是家姐的孩儿，从小在这里过活，四五岁时随家姐夫和家姐上南京去住，一去了十数年。这厮十四五岁又来走了一遭②，跟个本京客人来这里贩（fàn）枣子，向后③再不曾见面。多听得人说，这厮不成器，如何却在这里？小可本也认他不得，为他鬓（bìn）边有这一搭朱砂记，因此影影④认得。"晁盖喝道："小三！你如何不径⑤来见我，却去村中做贼？"那汉叫道："阿舅，我不曾做贼！"晁盖喝道："你既不做贼，如何拿你在这里？"夺过士兵手里棍棒，劈头劈脸便打。

注释：①兀的：北方方言，怎么的意思。②一遭：一趟。③向后：以后。④影影：同"隐隐。"⑤径：直接。

课外试题

刘唐睡在灵官殿时，被谁当成贼抓了？

答案：雷横。

第十五回

东溪村
七星谋大事

人物	吴用（天机星）
绰号	智多星（梁山排名第3位）
性格	友好、忠心
兵器	铜链

点题

想做一番大事，必须有志同道合的人组成团队。智取生辰纲的团队成员有哪些人？

原来那位秀才名叫吴用，字学究，非常有计谋，人称智多星，现在东溪村教书，和晁盖非常要好。吴用问晁盖："我怎么从来没见过你外甥呢？"晁盖说："到我家再说。"

三人来到晁家，晁盖为吴用、刘唐二人引见，并说明了刘唐来意，又说："昨晚我梦见北斗七星落在我房脊上，应该是吉兆。今天请吴先生来，商议这事。"吴用说："这种事人多不行，人少也不行，要七八条好汉才行。"晁盖说："莫非要应梦中七星之数？"

吴用思考片刻，说："我想起三个人来，他们是理想人选。"晁盖问是哪三人，吴用说："石碣（jié）村的三兄弟。大哥立

吴用，道号"加亮先生"，通晓文韬（tāo）武略，足智多谋，晁盖去世后帮助宋江坐稳梁山泊寨主之位。

地太岁阮（ruǎn）小二，二哥短命二郎阮小五，三弟活阎罗阮小七。"晁盖说："哦，我也早听说过他们的名字。"吴用说："事不宜迟，我今夜就去请他们。"

吴用连夜启程，第二天晌午便找到阮小二，又分别找到阮小五、阮小七。四人来到一家酒店坐下，吴用说了生辰纲一事，劝三人入伙。三阮听说有十万贯的金银珠宝，又是不义之财，就答应了。

四人回到东溪村，加上刘唐和晁盖，共有六人。六人来到后堂，对天立誓：谁要有私心，天诛地灭。

祭了天地，六人坐席喝酒，正喝得高兴，只听见一个庄客来报说："门前有一位道人说要见保正化斋粮。"晁盖说："你好不明白事理，我在这里招待客人，你给他三五斗米打发了便是，何必前来问我。"庄客闻言便出去了。谁知那道人死活不走，竟还打起人来。晁盖听闻慌忙起身，前去查看。听见那道士说："十万贯珠宝在我面前也只是寻常，怎么会稀罕你这几斗米？"晁盖一听这道士话里有话，便说："我就是晁盖。"道士打量他一番，说："我正找你。"

晁盖领他来到一个小阁子里，道人说："我叫公孙胜，苏州人，自小学武，又跟罗真人学会呼风唤雨，腾云驾雾，江湖人称入云龙。今有十万贯的富贵送你当见面礼，想不想要？"晁盖笑道："生辰纲？"公孙胜一惊："你怎么知道？"

晁盖一笑，引公孙胜和吴用、三阮、刘唐见面。双方寒暄几句，吴用说："刚刚公孙先生说已打听清楚，他们走黄泥冈大路。我已定好计策，不论是斗智斗武，这套富贵也飞不出我们的手心。只是还须找一人配合最好。"晁盖说："安乐村有个白日鼠白胜，我曾给过他钱，此人可用。"

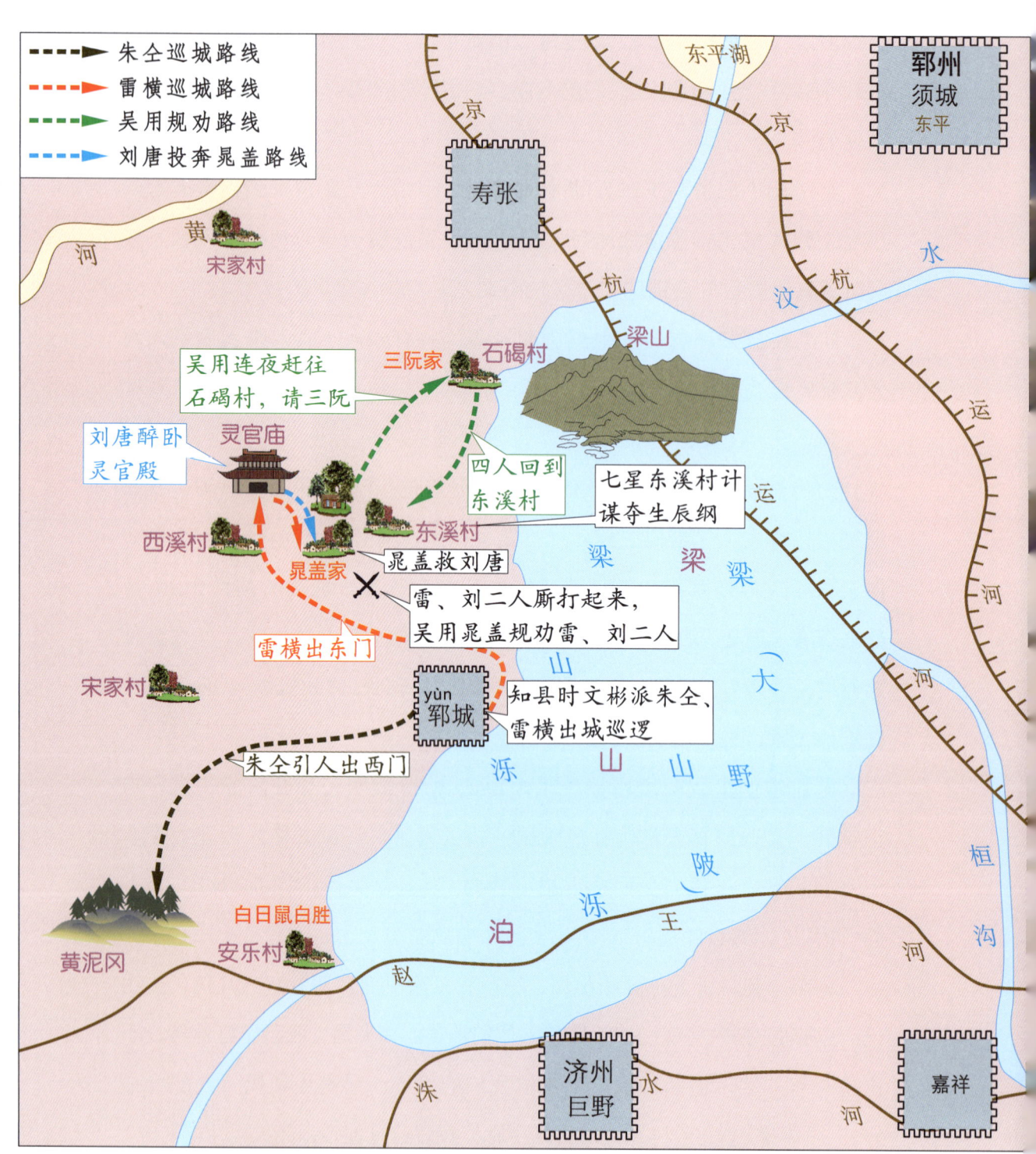

七星（晁盖、吴用、刘唐、阮小二、阮小五、阮小七、公孙胜）
东溪村聚义示意图

经典名句 当取不取，过后莫悔。

经典原文

晁盖听得，吃了一惊，慌忙起身道："众位弟兄少坐，晁盖自去看一看。"便从后堂出来，到庄门前看时，只见那个先生，身长八尺，道貌堂堂，威风凛（lǐn）凛，生得古怪，正在庄门外绿槐树下，打那众庄客。晁盖看那先生时，但见：头绾两枚鬅（péng）松双丫髻，身穿一领巴山短褐袍，腰系杂色彩丝绦（tāo），背上松纹古铜剑。白肉脚衬着多耳麻鞋，绵囊手拿着鳖（biē）壳扇子。八字眉一双杏子眼，四方一口落腮（sāi）胡。那先生一头打庄客，一头口里说道："不识好人！"晁盖见了叫道："先生息怒，你寻晁保正，无非是投斋化缘，他已与了你米，何故嗔（chēn）怪①如此？"那先生哈哈大笑道："贫道不为酒食钱米而来。我觑②得十万贯如同等闲，特地来寻保正有句话说。叵（pǒ）耐③村夫无礼，毁骂贫道，因此性发。"晁盖道："你可曾认得晁保正么？"那先生道："只闻其名，不曾会面。"晁盖道："小子便是。先生有甚话说？"那先生看了道："保正休怪，贫道稽（jī）首。"晁盖道："先生少请到庄里拜茶如何？"那先生道："多感。"

注释：①嗔怪：责怪吵闹。②觑：眼睛眯成一条缝看。③叵耐：可恨。

课外试题

智取生辰纲一共是七人还是八人？

答案：一共八人，有托塔天王晁盖、智多星吴用、公孙胜、阮小二、阮小五、阮小七、白胜以及刘唐。

第十六回

黄泥冈
智取生辰纲

人物　公孙胜（天闲星）
绰号　入云龙（梁山排名第4位）
性格　淡泊名利
兵器　松纹古定剑

点题

晁盖七人在黄泥冈做了一个局，演得天衣无缝，精明的杨志还是上了当。

五月中旬，梁中书派杨志押送生辰纲。杨志把礼物分成十一个担子，让十一个健壮的军人挑着，外加夫人的奶公谢都管和两个虞（yú）候，共十五人，打扮成客商和挑夫的模样，离了梁府，出了北京城门，向东京出发。

十一个军人挑了重担，天热赶路，又累又热，见了树荫（yīn）就想歇歇，杨志却催着他们走，如果不听，便又打又骂。大家都反感杨志，却敢怒不敢言。

走了半个月，已到六月上旬。这天，闷热难当，一行人来到了黄泥岗。见那里全是松树，军士们直奔过去。杨志打了这个打那个，军士们都说，就是把他们杀了，也走不动了。老都管也气喘吁吁地赶上来，为军士们求情。

杨志说这里正是强盗出没的地方，不准休息。

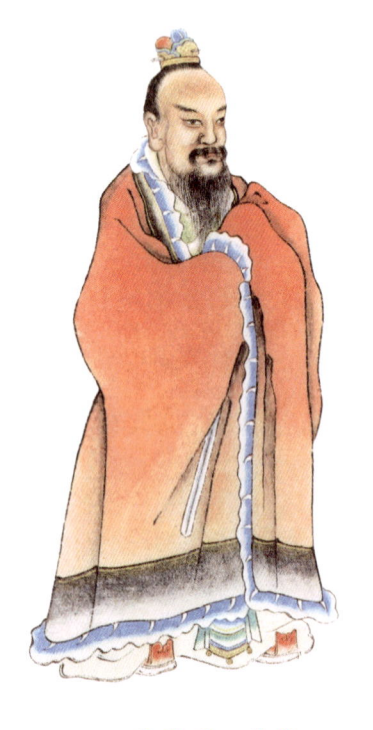

公孙胜，道号一清，后入伙梁山，担任掌管机密军师，征讨方腊前夕，辞别宋江等人，回到蓟（jì）州，潜心修道。

老都管见杨志不给面子，和杨志吵了起来。两人正在争吵之时，突见有人在松林边探头探脑，杨志便提刀追了过去。

杨志追进松林，只见树荫下停着七辆小推车，七个人横七竖八地躺在地上。杨志问他们："你们是什么人？"那七人说他们是贩枣的。杨志问他们刚才在林边看什么？那七人说看杨志他们是不是强盗。杨志这才放心，回去找个树荫坐下。

不久，只见远处一个男子挑着一担桶走来，在树荫下歇脚擦汗。一个军士问他挑的什么，汉子说是酒，准备挑到前面村子去卖。军士问了价钱，就商量凑钱买酒喝。杨志不准买，说小心有蒙汗药。卖酒的一听不乐意了，和杨志吵了起来。

争吵声引来那七个枣贩子。枣贩子让卖酒的把酒卖给他们。卖酒的说："不卖，不卖，别把你们麻翻了。"那七个枣贩子说："我们又没说这话。再说了，你到哪里都是卖，我们又不少你酒钱，为什么不卖？"

卖酒的只好卖给他们一桶酒。那七个枣贩子都围过来拿瓢舀（yǎo）酒喝，又捧来些枣子下酒。不一会儿，一桶酒就被他们喝干净了。一个枣贩子问："只顾喝了，还没问价。"卖酒的说："五贯钱。"

一个枣贩子付钱给卖酒的，另一个枣贩子趁机掀开另一桶桶盖，舀了一瓢酒就走。卖酒的追了过去，还有一个枣贩子也趁机舀了一瓢。等卖酒的夺了前面那人的瓢把酒倒回桶里时，第二个已经跑进松林里了。

卖酒的恼火地说："怎么这么爱占便宜？"付钱的枣贩子说："我们又没还价，多喝你一瓢有什么关系？"

卖酒的准备把剩下的酒挑走，军士们赶忙请老都管跟杨志说情。杨志见枣贩子喝了没事，另一桶也被尝了一瓢，就不再阻拦。卖酒的赌气不卖，军士们说了些好话，枣贩子们又打圆场，卖酒的才卖给军士们。

图例

- ▬▬▶ 杨志等十五人护送生辰纲路线
- ▬▬▶ 晁盖等七人行进路线
- ▬▬▶ 老都管报官生辰纲被劫路线
- ▬▬▶ 梁中书差人报蔡太师路线

杨志受梁中书差遣，携多名军士和老都管等15人押送生辰纲（梁中书搜刮的金银财宝，拟为其身在东京汴梁的岳父蔡京太师贺寿），从北京大名府出发拟前往东京汴梁

晁盖、吴用等七人扮作贩枣商人，在黄泥冈设计，从杨志等人手中智取了生辰纲

梁中书差人赴东京汴梁的岳父蔡京太师府，报信生辰纲被劫一事，蔡太师震怒

吴用智取生辰纲示意图

枣贩子把瓢借给军士们，又送给他们几捧枣子下酒。军士们先请老都管喝了，又请杨志喝。杨志不好意思，只喝了半瓢，剩下的大家分了。卖酒的挑着空桶走了。

过了一会儿，杨志和手下人都昏迷过去了。那七个枣贩子卸了枣子，把十一担珠宝装走了。他们就是晁盖、吴用、公孙胜、刘唐、三阮七人，卖酒的是白胜。那桶里的酒是好酒，真正下的药被吴用下到瓢里。白胜从吴用手中夺过瓢将那瓢酒倒进酒桶，药就搅进剩下的酒中了。

杨志喝得最少，最先醒来，见众人口角流涎，动弹不得，就骂他们害得他丢了生辰纲，现在有国难投、有家难奔。骂完，他就独自一人往南走了。

> **经典名句**
> 不义之财，取之何碍。
> 赤日炎炎似火烧，野田禾稻半枯焦。

> **经典原文**
> 这个客官道我酒里有甚么蒙汗药。你道好笑么？说出这般话来！"那七个客人说道："我只道有歹（dǎi）人出来，原来是如此。说一声也不打紧，我们倒着买一碗吃。既是他们疑心，且卖一桶与我们吃。"

那挑酒的道:"不卖,不卖!"这七个客人道:"你这鸟汉子也不晓事,我们须不曾说你。你左右将到村里去卖,一般还你钱,便卖些与我们,打甚么不紧。看你不道得舍施了茶汤,便又救了我们热渴。"那挑酒的汉子便道:"卖一桶与你不争,只是被他们说的不好。又没碗瓢舀(yǎo)吃。"那七人道:"你这汉子忒(tuī)认真,便说了一声打甚么不紧。我们自有椰(yē)瓢在这里。"只见两个客人去车子前取出两个椰瓢来,一个捧出一大捧枣子来。七个人立在桶边,开了桶盖,轮替换着舀那酒吃,把枣子过口,无一时,一桶酒都吃尽了。七个客人道:"正不曾问得你多少价钱?"那汉道:"我一了不说价,五贯足钱一桶,十贯一担。"七个客人道:"五贯便依你五贯,只饶我们一瓢吃。"那汉道:"饶不的,做定的价钱。"一个客人把钱还他,一个客人便去揭开桶盖,兜(dōu)①了一瓢,拿上便吃。那汉去夺时,这客人手拿半瓢酒,望松林里便走,那汉赶将去,只见这边一个客人从松林里走将出来,手里拿一个瓢,便来桶里舀了一瓢酒。那汉看见,抢来劈手夺住,望桶里一倾②,便盖了桶盖,将瓢望地下一丢,口里说道:"你这客人好不君子相!戴头识脸的,也这般啰唣(zào)③!"

注释:①兜:舀。②倾:倾倒。③啰唣:生事。

课外试题

老都管一行人为什么不顾杨志的劝阻非要喝枣贩子的酒水?

其实是因为天气炎热,正是他们口渴难耐,同时又挑着重物行走,体力劳累,急需补充水分;其次,枣贩们用自己的身体做例子,让他们相信酒水没问题,放松了警惕,慧眼受骗。

第十七回

杨志智深占山为王

点题

走投无路的杨志还是占山为王了，不过不是在梁山。

老都管他们醒来后，嘴里叫苦连连，都纷纷悔不当初。但他们为了给自己脱罪，只得将罪责推到杨志身上，说他勾结强盗，劫走生辰纲。然后一面差人去本地的官司报案，另一面又差人去东京到太师府报知。第二天一早，老都管便带着人来济州府报官。

杨志往南走了半天，才想起忘拿了包袱（fú），身上分文没有，当晚饿了一夜。第二天，他饿得受不了了，就来到一家酒馆，打定主意吃白食。于是，他吃饱后抹嘴就走。

老板娘追着杨志要钱，杨志说先赊（shē）着。酒馆伙计上来要钱，被杨志一拳打倒。一个大汉拎条棒子赶来，伙计又叫来几个人。杨志和那大汉打了二三十回合，那人不是对手，就让杨志留下姓名。没想到杨志刚说了姓名，那人跪下就拜。

杨志问他是谁，那人说他是林冲的徒弟叫曹正，江湖人称操刀鬼。曹正原本住在东京，因做生意折了本钱，便在此开了个酒店。杨志说："你师父现在梁山入伙。"曹正咬牙切齿地说："都是高俅害的。"

曹正留杨志多住几天，杨志说："官府正在追捕我，别连累了你。我想去梁山找你师父，但当初王伦邀我入伙，我没答应，如今不好再去求

杨志鲁智深占山为王示意图

地图说明

- 章丘
- 淄州 淄川
- 青州 益都
- 临朐 (qú)
- 莱芜
- 牟汶水
- 徂徕山 (cú lái)
- 鲁山
- 沂源
- 二龙山
- 宝珠寺
- 树林
- 新泰
- 云云山
- 蒙阴
- 沂水
- 陪尾山
- 蒙山
- 平邑
- 沂南
- 浚河

路线标注

- **鲁智深、杨志、曹正与帮手直奔二龙山**
- **杨志遇鲁智深**
- **鲁智深、杨志占山为王**
- **鲁智深单打邓龙，邓龙逃走，闭门不出**
- **杨志为避官府追缉，投奔二龙山大王**
- **鲁智深受挫逃回树林，生闷气**

图例

- ➤ 杨志投奔二龙山行进路线
- ➤ 鲁智深单打二龙山行进路线
- ➤ 鲁智深、杨志、曹正与六个帮手智取二龙山行进路线

他，因此进退两难。"曹正说："那您就别去梁山了。这附近有座二龙山，山上有个山大王叫金眼虎邓龙，您不如去他那儿。"

杨志说行，第二天就直奔二龙山。他走到傍晚，发现没地方投宿，看见有一片树林，就走了进去。只见林子里有一个人，正是鲁智深。

原来，鲁智深在野猪林救了林冲以后，董超、薛霸回去将此事禀报高俅，高俅就派人去捉拿鲁智深。鲁智深被迫离开大相国寺，流落江湖。在孟州十字坡，鲁智深遇上开黑店的张青与孙二娘，他们让鲁智深投靠二龙山。

鲁智深到了二龙山后，邓龙不肯接受鲁智深入伙，在与鲁智深交手的时候被鲁智深一脚踢翻，逃回山上，任鲁智深怎么叫骂，也不出来。鲁智深正坐在树林里生闷气，不想遇到了杨志。

鲁智深、杨志二人结伴返回曹正的酒店。曹正听说鲁智深是师父林冲的恩人，赶忙摆酒款待。三人商议，智取二龙山。

过了一夜，鲁智深、杨志、曹正带上六七个帮手，直奔二龙山。走到树林时，曹正把鲁智深绑了，打了个活扣，押着来到二龙山下。不多时只见两个小头目到关口问道："你们是什么人？来这里干什么？"曹正答道："此和尚不光在小人的店里吃白食，还扬言要回梁山伯找帮手，来打二龙山，杀光附近村子的人。于是小人便灌醉了他，特来献给大王。"那两个头目听完，便欢天喜地回去报告给了邓龙。邓龙一听，连忙让人把鲁智深等人押到大寨。小喽啰听令打开关隘（ài）将人押了过来。过来三个关隘，到了宝珠寺前，面对众喽啰的辱骂，智深都默不作声。来到佛殿当中，见了邓龙，那曹正一拉绳头，鲁智深便挣开绳套，从曹正手里接过禅杖，把邓龙的脑盖劈做两半个，连带椅子打个粉碎。几百个小喽啰见大王已死，都扔了兵器，跪倒在地。鲁智深、杨志就此占山为王了。

经典名句 火烧到身，各自去扫；蜂虿（chài）入怀，随即解衣。人逢忠义情偏洽，事到颠（diān）危志益坚。

经典原文

少刻，只见两个小喽啰扶出邓龙来，坐在交椅上。曹正、杨志紧紧地帮①着鲁智深到阶下。邓龙道："你那厮秃驴！前日点翻了我，伤了小腹，至今青肿未消。今日也有见我的时节。"鲁智深睁圆怪眼，大喝一声："撮（cuō）鸟休走！"两个庄家把索头只一拽（zhuài），拽脱了活结头，散开索子。鲁智深就曹正手里接过禅杖，云飞轮动。杨志撇了凉笠（lì）儿，提起手中朴刀，曹正又轮起杆棒，众庄家一齐发作，并力向前。邓龙急待挣扎时，早被鲁智深一禅杖当头打着，把脑盖劈做两半个，和交椅都打碎了。手下的小喽啰，早被杨志搠（shuò）翻了四五个。曹正叫道："都来投降！若不从者，便行扫除处死！"寺前寺后五六百小喽啰，并几个小头目，惊吓的呆了，只得都来归降投伏。随即叫把邓龙等尸首扛抬去后山烧化了。一面去点仓敖，整顿房舍，再去看那寺后有多少物件，且把酒肉安排些来吃。鲁智深并杨志做了山寨之主，置酒设宴庆贺。

注释：①帮：同"傍"。

课外试题

杨志去二龙山的路上遇到了谁？

答案：杨志在去二龙山的路上遇到了曹正，两人边走边说，曹正领杨志来到鲁智深处，正好鲁智深要攻取二龙山的宝珠寺。

第十八回

东窗事发
宋江报信

人物	宋江（天魁星）
绰号	呼保义、及时雨（梁山排名第一位）
性格	济弱扶贫、复杂虚伪
兵器	朴刀 锟铻剑

点题

百密一疏，晁盖策划得再好，还是暴露了行踪。幸亏宋江报信，不然晁盖等人将全部被捉。

济州知府接到梁中书生辰纲被劫的公文后，赶紧找来巡捕何涛，限他十日内破案，若到时不破，就把他充军到最远处，并预先在何涛脸上刺下"迭（dié）配州"字样，空着什么州的名。

何涛回到家中闷闷不乐，正好弟弟何清来借钱，听到此事说："我知道是谁干的。"何涛忙好酒好肉招待何清，又给了他十两银子，何清才给何涛提供线索。

原来有一天，何清去安乐村王家客店赌博，见七个枣贩子登记住店，为首那人他认识，却见那人明明是东溪村的晁盖，却说自己姓李。第二天，何清又去王家客店赌博，正巧碰见一个人挑着两个桶，店主人同他打招呼："白大郎到哪里去？"那人说卖醋去。那人走后，店主说

宋江，字公明，生性重义，喜欢在江湖上结交英雄好汉，在晁盖去世后，成为梁山新的寨主。

那人叫白日鼠白胜，也是赌客。

现在何清听说哥哥正为破案找不到线索着急，便说："枣贩子劫生辰纲，不是晁盖是谁？现在只要抓了白胜，这伙人还能往哪里跑？"

于是，何涛带人连夜赶到安乐村，把白胜夫妻绑了，从床下挖出一包金银，随后将白胜的脸面全都包了起来，带着赃物，连夜赶回济州城，将白胜一顿好打。白胜打熬不过，只好招出晁盖，但其他六人他并不知姓名。知府命令何涛立即赶往郓（yùn）城县，捉拿晁盖等七人。

何涛带上二十名得力部下，连夜赶往郓城县。到了郓城县衙门口，没有遇到知县，却遇到押司宋江。宋江字公明，人称孝义黑三郎，江湖人称及时雨，又称呼保义。何涛取出公文，说明来意，请求宋江转呈知县。

宋江暗吃一惊。原来，晁盖是他要好的兄弟，如果晁盖被捉，定会丢了性命。于是宋江就说："知县时老爷正在吃饭，饭后就升堂。这封公文至关重要，我为你通报，你亲手交给他。"何涛连声说好。宋江借口回家处理私事，让何涛稍等片刻，然后骑上快马，飞奔东溪村。

来到晁盖家，宋江匆匆说了情况，调转马头就回去了。晁盖连忙找来吴用、刘唐、公孙胜商量。最后决定吴用、刘唐带着几个庄客先去阮家安顿，晁盖、公孙胜随后再去。于是，吴用和刘唐便把打劫得来的金银珠宝分作五六担装了起来，然后一行数十人投石碣（jié）村来。

宋江回来，领何涛见知县时文彬。何涛呈上公文，时知县看了大吃一惊。宋江建议：白天别走漏消息，最好晚上去捉。时知县就找来朱仝、雷横，命令他们晚上带上一百人马，配合何涛去捉人。

天黑后，何涛、朱仝、雷横各自带部下赶到晁家庄。朱仝建议分兵围捕，朱仝（tóng）带人埋伏在后门，雷横从前门进去搜人。雷横和朱仝都想送晁盖人情，所以心照不宣。

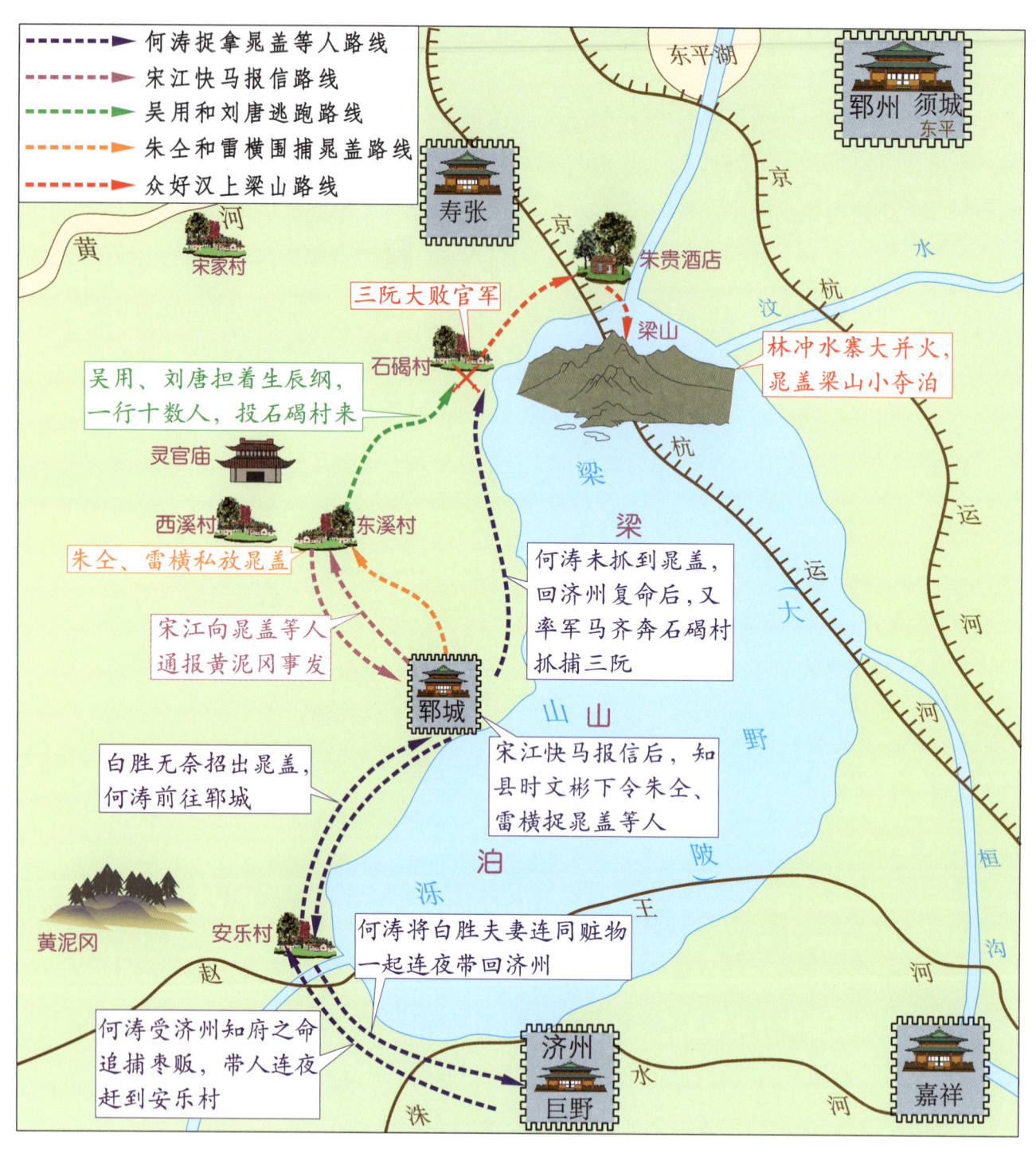

何涛追捕晁盖示意图

快到晁盖庄上时，只见晁盖家中火光冲天，众人冲了进去，只听见前门后门喊声震天。原来这是朱仝、雷横有意想把晁盖惊走。

晁盖在家里四下放火,然后从后门冲出。朱仝故意放开一条路,让晁盖等人冲出门口,然后他大呼小叫地追过去。雷横赶来,假意东张西望。朱仝则故意倒在地上,说天黑看不见路,崴(wǎi)了脚,又说强盗往东走了。士兵们乱追一阵,都空手回来了,闹到四更,只得抓了几个邻居和仆人回去交差。

时知县开堂审讯,被捕的邻居都不知情,只有仆人供出吴用、刘唐、公孙胜、三阮。时知县就写了公文,让何涛回去复命。

何涛带部下连夜赶往郓城县捉拿晁盖等七人,却在县衙门口偶遇宋江。

经典名句

急来抱佛脚,闲时不烧香。

亲爱无过弟与兄,便从酒后露真情。

三十六计,走为上计。

经典原文

宋江道:"观察到敝(bì)县,不知上司有何公务?"何涛道:"实不相瞒押司,来贵县有几个要紧的人。"宋江道:"莫非贼情公事否?"何涛道:"有实封公文在此,敢烦押司作成①。"宋江道:"观察是上司差来该管的人,小吏怎敢怠(dài)慢。不知为甚么贼情紧事?"

何涛道:"押司是当案的人,便说也不妨。敝府管下黄泥冈上一伙贼人,共是八个,把蒙汗药麻翻了北京大名府梁中书差遣(qiǎn)送蔡太师的生辰纲军健一十五人,劫去了十一担金珠宝贝,计该十万贯正赃(zāng)。今捕得从贼一名白胜,指说七个正贼都在贵县。这是太师府特差一个干办,在本府立等要这件公事,望押司早早维持。"宋江道:"休说太师府着落,便是观察自赍(jī)公文来要,敢不捕送。只不知道白胜供指那七人名字?"何涛道:"不瞒押司说,是贵县东溪村晁保正为首。更有六名从贼②,不识姓名,烦乞(qǐ)用心。"宋江听罢,吃了一惊,肚里寻思道:"晁盖是我心腹弟兄。他如今犯了迷天之罪,我不救他时,捕获将去,性命便休了。"心内自慌。宋江且答应道:"晁盖这厮奸顽役(yì)户,本县内上下人没一个不怪他。今番做出来了,好教他受!"何涛道:"相烦押司便行此事。"宋江道:"不妨,这事容易,瓮中捉鳖(biē),手到拿来。

注释:①作成:成全。②从贼:起辅助作用的贼人。

课外试题

何涛在郓城县的路上遇到了谁?

答案:何涛在赶往郓城县的路上遇到了押司宋江。宋江在听完何涛所说的案情之后,惊慌万分,无心再往东溪村通知晁盖,想用婉转的话拖延的准备。

第十九回

杀王伦
晁盖夺梁山

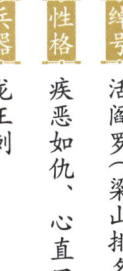

人物	阮小七（天败星）
绰号	活阎罗（梁山排名第31位）
性格	疾恶如仇、心直口快
兵器	龙王刺

点题

晁盖等七人带着十万贯财宝投奔王伦。王伦却不收留。林冲一气之下将他杀掉，让晁盖做了老大。

何涛回到济州，向知府报告晁盖他们逃到了石碣(jié)村。知府又派何涛领五百军马，直奔石碣村捉拿三阮（阮小二、阮小五、阮小七）。石碣村到处都是港汊(chà)，众好汉利用地形优势，把官兵消灭了大半，还俘虏(fú lǔ)了何涛，割下他的两只耳朵，放他走了。

众好汉来到朱贵的酒店，说明来意。朱贵射出响箭，山上派船接众人过湖，王伦等头领把他们迎到聚义厅坐下，晁盖说明来意。王伦命人杀猪宰牛，款待众人，吃完饭，也不说留下他们。

到了晚上，众头领带着晁盖等众人到关下客馆内安歇，并且还派人来服侍他们。晁盖便对众人说："我们如今犯下这弥天大罪，如果不是王头领收留我们，我们早已流离失所，因此我们要对王头领心存感激。"吴用却冷笑道："王头领愿不愿意收留我们，兄长不能

阮小七，是梁山水军八员头领第六位，曾参与计夺生辰纲，被官军追捕，入伙梁山。

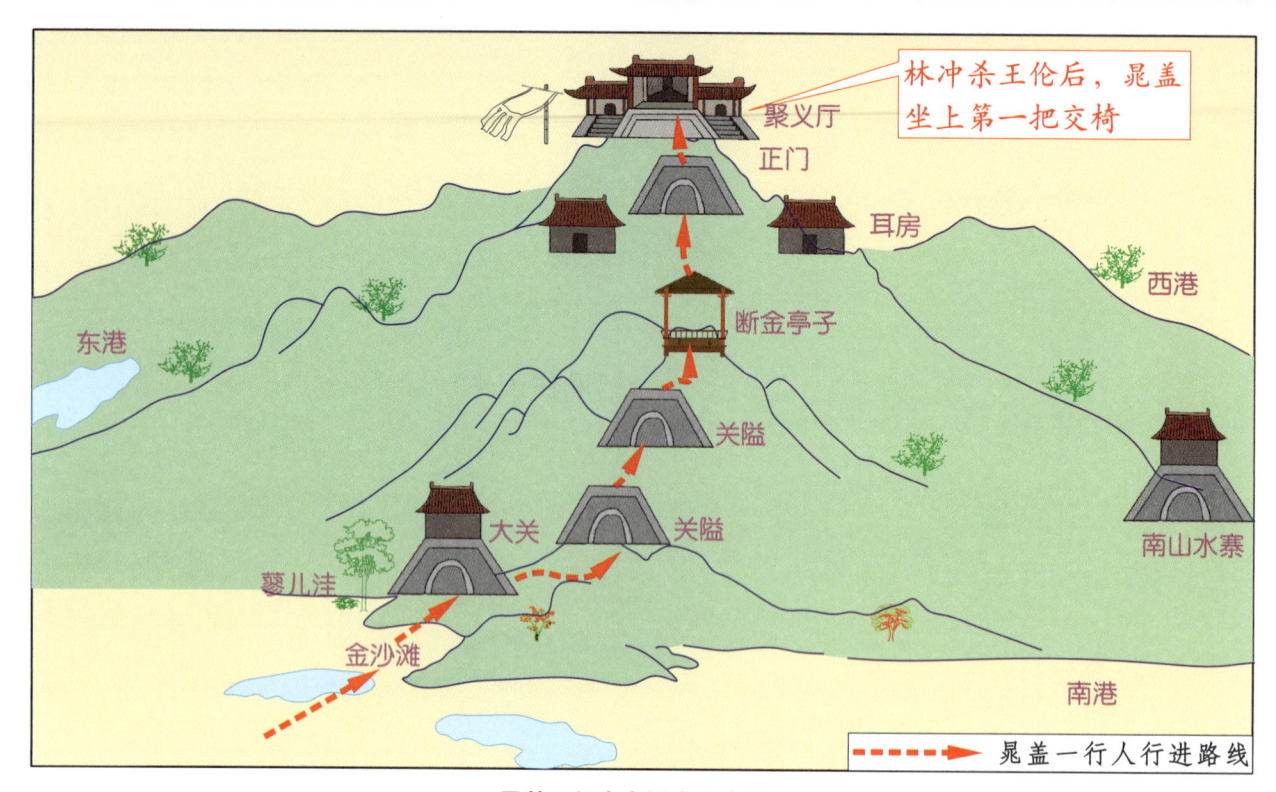

晁盖一行人上梁山示意图

（图中标注：聚义厅正门、耳房、西港、断金亭子、关隘、东港、大关、关隘、南山水寨、蓼儿洼、金沙滩、南港；林冲杀王伦后，晁盖坐上第一把交椅；---> 晁盖一行人行进路线）

只看他的心，还要看他的行为。"之后吴用又细致地分析了席上王伦的行为以及梁山泊众头领的态度，并说自己可以利用林冲稍做挑拨，让他们自相残杀。晁盖听了，只说："全要仪仗先生的妙计了。"随后七人便睡下了。

第二天一早，林冲来访，请晁盖一行留下，并流露出对王伦容不下人的不满。吴用故意以退为进，反过来劝林冲不要因为他们而伤了兄弟情分，更加激起林冲的怒火。林冲离开后，不一会儿，小喽啰来请，说是王头领请众好汉去赴宴。吴用说："大家带上武器，看我眼色行事。"

七人暗带短刀，前去赴宴。席上，晁盖又提入伙一事，王伦支吾过去。喝到午后，让人捧出五锭大银，委婉拒绝七人入伙的请求。晁盖又说了许多好话，王伦始终推却。

林冲勃然大怒，大叫："我上山时，你也一再拒绝，如今晁兄他们来投，你又说这种屁话，是什么意思？"吴用故意说："林头领别发火，坏了兄弟义气，我们走吧。"

王伦硬着头皮骂道："林冲你竟敢以下犯上！"林冲回骂道："你不过

是个不第秀才，有什么真才实学，瞧不起这个看不上那个？"

吴用站起来说："晁兄，事情闹到这样，我们想留也留不住了，走吧。"王伦起身说："喝完酒再走。"

林冲一脚踢翻桌子，蹿过去一把揪住王伦，从怀中抽出一把尖刀。吴用一摸胡子，说："不要伤人。"晁盖、刘唐立即上前拉住王伦，三阮、公孙胜则拦住了杜迁、宋万、朱贵。

林冲用刀指着王伦的鼻子，骂道："你这嫉（jí）贤妒能的小人，要你有什么用！"王伦吓得连叫："心腹快来！"杜迁等人想来救王伦，却被三阮等人假装拉架拦住。

林冲照王伦心窝就是一刀，接着又一刀，割下王伦的脑袋。吴用拉过头把交椅，推林冲坐下，说："今天我们立林教头为山寨之主，谁不服，就跟王伦一样下场。"林冲却说："我因为王伦不肯收留大家，才杀了他，如果要我坐首位，我只有一死，以表明心迹。"

于是在林冲的提议下，晁盖当了寨主，吴用坐了第二把交椅，公孙胜坐了第三把交椅，林冲仍旧第四把交椅，以下是刘唐、三阮、杜迁、宋万、朱贵。

经典名句

量大福也大，机深祸亦深。
惺惺自古惜惺惺，谈笑相逢眼更青。

经典原文

吴用便道："晁兄，只因我等上山相投，反坏了头领面皮①。只今办了船只，便当告退。"晁盖等七人便起身，要下亭子，王伦留道："且请席终了去。"林冲把桌子只一脚，踢在一边，抢起身来，衣襟底下掣（chè）出一把明晃晃刀来，搦（nuò）的火杂杂。吴用便把手将髭（zī）须一摸，晁盖、刘唐便上亭子来，虚拦住王伦，叫道："不要火并！"吴用一手扯住林冲，便道："头领不可造次②！"公孙胜假意劝道：

"休为我等坏了大义！"阮小二便去帮③住杜迁，阮小五便帮住宋万，阮小七帮住朱贵。吓得小喽啰们目瞪口呆。林冲拿住王伦，骂道："你是一个村野穷儒，亏了杜迁得到这里。柴大官人这等资助你，周给盘缠，与你相交，举荐我来，尚且许多推却。今日众豪杰特来相聚，又要发付他下山去。这梁山泊便是你的？你这嫉（jí）贤妒（dù）能的贼，不杀了要你何用！你也无大量大才，也做不得山寨之主！"杜迁、宋万、朱贵本待要向前来劝，被这几个紧紧帮着，那里敢动。王伦那时也要寻路走，却被晁盖、刘唐两个拦住。王伦见头势不好，口里叫道："我的心腹都在那里？"虽有几个身边知心腹的人，本待要来救，见了林冲这般凶猛头势，谁敢向前。林冲拿住王伦，骂了一顿，去心窝里只一刀，胳（gē）察地搠倒在亭上。可怜王伦做了半世强人，今日死在林冲之手，正应古人言：量大福也大，机深祸亦深。晁盖见杀了王伦，各擎刀在手。林冲早把王伦首级割下来，提在手里，吓得那杜迁、宋万、朱贵都跪下说道："愿随哥哥执鞭坠（zhuì）镫！"晁盖等慌忙扶起三人来。吴用就血泊里拽过头把交椅来，便纳林冲坐地，叫道："如有不伏者，将王伦为例！今日扶林教头为山寨之主。"林冲大叫道："差矣，先生！我今日只为众豪杰义气为重上头，火并了这不仁之贼，实无心要谋此位。今日吴兄却让此第一位与林冲坐，岂不惹天下英雄耻笑！若欲相逼，宁死而不坐。

注释：①面皮：脸面。②造次：鲁莽，轻率。③帮：挡。

课外试题

林冲为什么要杀王伦？

答案： 因为王伦心胸狭窄，嫉贤妒能，非要晁盖等人下山去。

第二十回

谢宋江
刘唐赴郓城

人物	刘唐（天异星）
绰号	赤发鬼（梁山排名第21位）
性格	有情义、急躁冲动
兵器	朴刀

点题

晁盖知恩图报，派刘唐给宋江送重金和感谢信，宋江收了信和一根金条，没想到埋下了祸根。

何涛逃回济州，向知府报告兵败经过，知府大怒，又派团练使黄安率一千人马攻打梁山泊。当黄安率领众人摇旗呐喊、杀奔金沙滩时，吴用巧妙设阵，杀得官军大败，连黄安也被生擒（qín）活捉。

梁山泊众人正在喝酒庆祝之时，只见有小喽啰前来禀报："山下的朱头领打探到，有一起客商，大约有十人左右，今晚就要从旱地经过。"众人大喜，晁盖让三阮带了一百多人前往朱贵酒店，而自己和刘唐最后再去接应他们。结果众人大胜而归，劫获了二十多辆车子的金银财物。

晁盖在梁山站稳脚跟，非常想报答宋江和朱仝、雷横的恩情。他一面派人去济州府救白胜，一面让吴用写了一封感谢信，并取二百两黄金，让刘唐乔装打扮去郓城县拜谢宋江、朱仝、雷横。

刘唐，东潞州人氏，自幼闯荡江湖，后入伙梁山，担任步兵头领。

089

晁盖初夺梁山报恩示意图

济州知府连吃两次败仗，连一个强盗都没捉到，被免了职。新知府一上任，就发文严令各县防备梁山贼人。郓城县张贴了接到的公文，宋江看后，吃惊不小，没想到晁盖等人闹出这么大动静，要是被人知道是他通风报信，只怕性命难保。

宋江满腹心事，从县衙出来，准备到对面茶坊喝茶，只见一个大汉风尘仆仆地迎面走来，眼睛一直盯着衙门口。宋江觉得这人在哪里见过，一时想不起来，又不敢问。大汉也盯了宋江一会儿，又跟一个路人打听一下，忙赶上宋江，说："押司，找个地方说话。"

二人来到一座酒楼，选个雅间坐下。大汉解下身上包袱，跪下就拜。宋江慌忙回礼，问："你是谁？"大汉说："我和您在晁保正庄上见过一面，我是赤发鬼刘唐。"

宋江大惊，说："兄弟好大胆，竟敢到县衙前找我。"刘唐说："你的救命之恩比泰山还重，我怎能怕死？晁盖哥哥再三嘱咐，让我送来黄金一百两，另一百两酬（chóu）谢朱仝、雷横。"刘唐打开包袱，取出黄金、书信。宋江只拿了书信，收了一根金条，放在公文袋里，剩下的金条叫刘唐包好，然后说："山寨才创业，处处要用钱，我家中也不缺钱用，你拿回去。我收下这一根金条，算是领了晁盖哥哥的盛情。你也不要去找朱仝、雷横。朱仝不差钱，雷横好赌，要是把金条拿到赌场上，这事就暴露了。再说，他二人也不知道是我报的信，如果给他们钱，这事知道的人就多了。我也不留你，你马上回山寨，转达我对晁盖哥哥和众头领的敬意。"刘唐说："山寨纪律严明，我这么回去，是要受责罚的，哥哥一定要把金子收下。"宋江就找来文房四宝，写了一封信，对刘唐说："你拿上我的信，就可以回去交差了。"刘唐收了书信，回梁山了。

经典名句

水来土掩，兵到将迎。

古人交谊断黄金，心若同时谊亦深。

战船人马俱亏折，更把何颜见故乡。

一纸文书火急催，官司严督势如雷。

只因造下迷天罪，何日金鸡放赦（shè）回？

谈好似钩和线，从头钓出是非来。

经典原文

宋江把那封书——就取了一条金子，这书包了——插在招文袋内，放下衣襟（jīn），便道："贤弟将此金子依旧包了，还放桌上。且坐。"随即便唤量酒的①打酒来，叫大块切一盘肉来，铺下些菜蔬果子之类，叫量酒人筛（shāi）酒与刘唐吃。看看天色晚了，刘唐吃了酒，把桌上金子包打开，要取出来。宋江慌忙拦住道："贤弟，你听我说：你们七个弟兄，初到山寨，正要金银使用。宋江家中颇（pō）有些过活②，且放在你山寨里，等宋江缺少盘缠时，却教兄弟宋清来取。今日非是宋江见外，于内受了一条。朱仝那人也有些家私，不用与他，我自与他说知人情便了。雷横这人，又不知我报与保正，况兼这人贪赌，倘（tǎng）或将些出去赌时，便惹出事来，不当稳便，金子切不可与他。贤弟，我不敢留你相请去家中住，倘或有人认得时，不是耍处。今夜月色必然明朗，你便可回山寨去，莫在此担阁。"

注释：①量酒的：即店小二。②过活：维持生活的财物。

课外试题

刘唐送给宋江的金条，宋江收了几根？

答案：一根。宋江为了感谢刘唐他们的馈赠，收刘唐送来了一只金条后还要回去一样作信物，在刘唐再三要求下，宋江最后只收下了书信和其中的一根金条。

第二十一回

为机密宋江背人命

点题

为了保守机密,宋江杀人灭口,最终吃了官司。

送走刘唐,宋江往回走,忽然听到身后有人喊他,宋江转头一看却是阎婆。原来,几个月前,一对姓阎(yán)的夫妻带着女儿来郓城投亲,亲戚不在,他们花光了盘缠。阎公又得病死了,阎婆举目无亲,就托媒婆给女儿婆惜说个媒,得些钱财,好埋葬阎公。

于是做媒的王婆引着阎婆来见宋江。宋江便问道:"有什么事情吗?"王婆便指着另外一个婆子说道:"这一家人从东京而来,丈夫阎公、女儿阎婆惜一家人来这里投奔亲戚,结果亲戚一家早已不知去向。盘缠花光了,阎公又得病死了。阎婆举目无亲,就托老身做媒。老身一时找不到合适的人家,正在走投无路之时,正看到押司从这里过来,就和阎婆赶来,希望押司能可怜可怜她们,资助她们一副棺材。"宋江听完就写了一个帖子,让阎婆去县东陈三郎家,取一副棺材,之后又给了阎婆一些银子,让她回家安葬阎公。

王婆为宋江做媒,宋江不愿娶婆惜,但还是给了一些银子,让阎婆买棺木葬了阎公。阎婆感恩,非要把女儿嫁给宋江。宋江被缠不过,只好买了一座小楼,和婆惜成了亲。但衙(yá)门里公事忙,宋江很少回家。阎婆惜不甘寂寞,就和一个叫张文远的好上了。

阎婆惜发现了信和金条，要求宋江把她休了、债一笔勾销并把一百两黄金都给她，宋江无法答应。

现在阎婆非让宋江回家，宋江只好回去。阎婆惜一看是宋江，扭头就上了楼。阎婆让宋江上楼，还准备了酒菜，让女儿陪宋江喝酒，然后自己则下楼去了。

阎婆惜不理宋江，宋江独自喝了几杯，就躺下了。等到五更，宋江穿衣起床，匆匆离开了。宋江来到县衙前，见卖汤药的王公家里灯亮着，想起曾许诺给王公一具棺材钱，便伸手去摸金条，却发现公文袋没在身上。

宋江惊出一身冷汗，赶紧往家跑去。金条丢了倒没什么，关键是晁盖那封信若是被别人知道，自己就要招来杀身之祸了。

再说那阎婆惜见宋江走了，就准备铺床睡觉。她看到床头有个公文袋里面装有重物，便掏出一看，却是一封信和一根金条。她拿了金条，展开信一看，却是梁山强盗所写。信上写明送给宋江黄金一百两，拜谢他救命之恩。阎婆惜高兴极了，觉得自己只凭这封信，就能让宋江乖乖交出一百两黄金。

阎婆惜正想着，宋江就回来了。他找不见公文袋，就向阎婆惜要。阎婆惜说只要宋江答应她三件事，就给他公文袋：一是让宋江休了她，任她改嫁；二是不准要她还以前的账；三是把一百两黄金都给她。

宋江答应了前两件事，但无法答应第三件事。因为他只收了一根金条，根本没收那一百两黄金。阎婆惜不相信宋江的话，不愿交出公文袋。

宋江只得上前就夺。阎婆惜死死抱住公文袋不放。宋江用力去拽他身上盖的被子，不承想竟拽出了一把刀子。阎婆惜见了就叫："黑宋江杀人啦！"

这句话提醒了宋江：今天这事，她不死就得我死。于是，宋江抽出随身的刀子，把阎婆惜给杀了，又把灯拿过来将信烧了。

下了楼，宋江对阎婆说："你女儿对不起我，被我杀了。"阎婆上楼一瞧，女儿果真死了，就说："事已这样，我只求你把她埋了，给我养老送终就行了。"宋江信以为真，于是与阎婆一同出门，去给阎婆惜买棺材。

两人走到县衙门前，此时天色已亮。阎婆突然揪住宋江大喊："来人呀，宋江杀人啦！"因为宋江人好，衙役（yì）们都没理阎婆。卖汤药的王公出面劝解，宋江趁机逃了。阎婆就到大堂击鼓喊冤。时县令升堂，问了缘由，派人验了尸，命人去捉宋江。

> **经典名句**
> 杀人可恕，情理难容。
> 酒不醉人人自醉，花不迷人人自迷。
> 循环莫谓天无意，酝酿（yùn niàng）原知祸有胎。

> **经典原文**
> 宋江听了公厅两字，怒气直起，那里按纳[①]得住，睁着眼道："你还也不还？"那妇人道："你恁（nèn）地狠，我便还你不迭（dié）！"宋江道："你真个不还？"婆惜道："不还！再饶你一百个不还！若要还时，在郓城县还你！"宋江便来扯那婆惜盖的被。妇人身边却有这件物，倒不顾被，两只手紧紧地抱住胸前。宋江扯开被来，却见这鸾（luán）带头正在那妇人胸前拖下来。宋江道："原来却在这里。"一不做，二不休，两手便来夺，那婆娘那里肯放。宋江在床边舍命的夺，婆惜死也不放。宋江恨命[②]只一拽，倒拽出那把压衣刀子在席上，宋江便抢在手

里。那婆娘见宋江抢刀在手,叫:"黑三郎杀人也!"只这一声,提起宋江这个念头来。那一肚皮气正没出处。婆惜却叫第二声时,宋江左手早按住那婆娘,右手却早刀落,去那婆惜嗓子上只一勒,鲜血飞出。那妇人兀(wù)自吼(hǒu)哩。宋江怕他不死,再复一刀,那颗头伶伶(líng)仃(dīng)仃落在枕头上。宋江道:"你也须知我是老实的人,不会说谎。你若不信,限我三日,我将家私变卖一百两金子与你。你还了我招文袋。"婆惜冷笑道:"你这黑三倒乖,把我一似小孩儿般捉弄。我便先还了你招文袋这封书,歇三日却问你讨金子,正是棺材出了讨挽歌郎钱。我这里一手交钱,一手交货。你快把来,两相交割。"宋江道:"果然不曾有这金子。"婆惜道:"明朝到公厅上,你也说不曾有这金子?"宋江道:"那两件倒都依得。这一百两金子,果然送来与我,我不肯受他的,依前教他把了回去。若端的有时,双手便送与你。"婆惜道:"可知哩!常言道:公人见钱,如蝇子见血。他使人送金子与你,你岂有推了转去的,这话却似放屁!做公人的,那个猫儿不吃腥(xīng)?阎罗王面前须没放回的鬼,你待瞒谁?便把这一百两金子与我,直得甚么!你怕是贼赃时,快熔过了与我。"

注释:①按纳:同"按捺(nà)"。②恨命:使全力。恨同"狠"。

课外试题

宋江为什么要杀死阎婆惜?

宋江担心自己的秘密泄露在阎婆惜之手,再有阎婆惜的步步紧逼,要挟回来取钱,自己担忧前程,确保此事未能被阎婆惜告发,宋江因怒怒之下杀死阎婆惜。

第二十二回

宋公明避难遇武松

人物	朱仝（天满星）
绰号	美髯（rán）公（梁山排名第12位）
性格	温和、重义气
兵器	朴刀

点题

人生何处不相逢？宋江在逃难时，竟遇上落魄的武松。两人惺惺相惜，一见如故。

时县令派朱仝、雷横去捉宋江，二人带了手下来到宋家，见到宋太公，说是奉命来捉宋江。宋太公说宋江不在家，要搜尽管搜。朱仝就让雷横先带人进去搜一遍。雷横带人搜过后，出来说前后里外都搜过了，确实没有宋江。朱仝说："你们把好门，我再搜一遍。"

朱仝来到佛堂，闩上门，挪开供桌，掀起一块地板，找到根绳头，拉了几下，地下铜铃一响，宋江就从地窖里钻出来了，见是朱仝，吃了一惊。

朱仝说："哥哥别怕，这个地窖（jiào）还是你告诉我的。我和雷横奉命来捉你，我怕他不顾兄弟情分，把他稳在前面，自己来见你。地窖虽隐蔽，但长期躲在里面也不是办法，你最好出去躲避一时。"

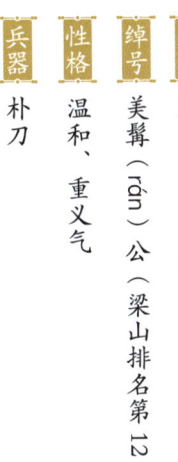

朱仝，原任县马兵都头，后入伙梁山，担任马军八骠（piào）骑（qí）兼先锋使。

097

宋江说有三个地方可以去：一是沧州柴进那里，二是清风寨那里，三是白虎山孔太公那里。朱仝建议宋江今夜就走，以防夜长梦多。

朱仝回到前头，说宋江的确不在家里，就和雷横回到县衙，向时知县报告没找到宋江。时知县就写公文呈报知府，发通缉令通缉（jī）宋江。

当晚，宋江由弟弟铁扇子宋清护送，直奔沧州柴进庄上。柴进迎到正厅坐下，宋江说了杀阎婆惜的经过。柴进说："哥哥放心，就是杀了朝廷命官，藏我这里也安全。"

柴进请宋江兄弟洗了澡，然后在后堂摆好酒席为宋江接风。三人喝到天晚，宋江去上厕所。上完厕所返回时，宋江已有八分醉意，脚步不稳。他兜了个大圈子，从走廊另一头回来。刚好走廊下有个人，因为患了疟（nüè）疾，正用铁锨（xiān）铲了些炭火来烤火。

宋江一脚踏去，正踩到锨把上，把锨里的炭火掀了那人一身。那人气得跳起来抓住宋江，挥拳要打。旁边的仆人拦住说："别打，这是柴大官人的贵客！"那人冷笑着说："我刚来时，也是大官人的贵客，如今却疏远了我。"说着，仍旧要打宋江。

柴进闻讯赶来，问是怎么回事？仆人就把宋江踩锨（xiān）把的事说了。柴进笑道："你不认识这位著名的押司么？"那人说："著名？他能有郓城县宋押司名气大么？"柴进说："他就是及时雨宋公明。"

那人听说面前的人就是宋江，跪下就拜。柴进告诉宋江，这人是清河县的武松，在家中排行第二，一次喝醉酒后与本处的机密发生争执，一时愤怒，不小心将他打死，因此只能逃跑。如今逃到这里已有一年了。后来，武松听说自己没背人命，他正想回家探亲，不想又得了疟疾。宋江见武松身材魁（kuí）伟，相貌堂堂，就拉他一同入席，此后，宋江和武松形影不离，每晚都睡一张床。

相伴宋江住了十几天，武松思乡心切，想回清河县看望哥哥。柴进于是为他饯（jiàn）行，还送了他银子。武松谢了柴进，收拾了行李，提了条哨（shào）棒就走。宋江又坚持送了几里，在路上宋江和武松还结为兄弟。

经典名句

人无千日好，花无百日红。
家有馀（yú）粮鸡犬饱，户无差役子孙闲。

经典原文

那廊下有一个大汉，因害疟（nüè）疾，当不住那寒冷，把一锹火在那里向。宋江仰着脸，只顾踏将去，正跐着火锹（xiān）柄上，把那火锹里炭火，都掀在那汉脸上。那汉吃了一惊，——惊出一身汗来，自此疟疾好了——那汉气将起来，把宋江劈胸揪住，大喝道："你是什么鸟人，敢来消遣我！"宋江也吃一惊。正分说不得，那个提灯笼的庄客慌忙叫道："不得无礼！这位是大官人的亲戚客官。"那汉道："客官，客官！我初来时也是客官，也曾相待的厚。如今却听庄客搬口，便疏（shū）慢了我。正是人无千日好，花无摘下红。"

注释：①跐：踩。②奢遮：了不起。

课外试题

宋江杀人后，真的没有藏在家吗？

答案：宋江是为了躲避捕快，选择随柴进逃亡。期间，宋江曾派人送信让自己的家人，并对外宣称宋江已经在家族中被除名。

第二十三回

景阳冈（gāng）武松打猛虎

人物 武松（天伤星）
绰号 行者（梁山排名第14位）
性格 知恩图报、冲动易怒
兵器 雪花镔铁戒刀

点题

凶猛的老虎在喝了十八碗酒的武松面前如同一只猫。

走了几日后，武松来到了阳谷县地界。天过晌午，他走进一家酒旗上写着"三碗不过冈"的酒店，坐了下来。店主人在他面前放了三个碗和一双筷子，然后倒上一碗酒。武松一饮而尽，让店家弄些下酒菜来吃，店家切了二斤熟牛肉端上来，武松又喝了两碗酒，店主人却不再倒了。

武松敲着桌子喊店主人添酒。店主人说肉可以添，酒不能再添了。武松问为什么？店主人却说他的酒客人喝三碗就会醉，醉了就过不了景阳冈。武松说他偏不信，坚持让店家倒酒！店家拗（niù）不过，又添了三碗酒。武松喝了又要添，一共喝了十八碗。

武松喝完放声大笑，说："什么'三碗不过冈'？我喝了十八碗也没事！"说完提了哨棒就走。店家忙拦住武松，说景阳冈上有老虎，已伤几十条人命。官府出了告示，要行人在巳、午、未三个时辰结伴过冈。武松说店家吓唬

武松，因在家排行第二，又称为"武二郎"，曾与鲁智深、杨志等人聚义青州二龙山，后入伙梁山。

人，坚持要过冈，店家只好任由他去。

武松趁着酒劲大步走上景阳冈，走了四五里后，只见一棵大树，被刮去树皮，上面写着"最近景阳冈有老虎伤人，过往商客可在巳、午、未三个时辰结伴过冈"。武松读完只觉得这是店家的诡（guǐ）计，便不以为然，继续向前进发。又走了半里多路，便看见一个破败的山神庙，武松走到庙前，只见庙上贴着一张印信榜文，上面的内容竟与树上的话语相同，才相信此处是真的有老虎出没。武松想回酒店去，又害怕遭人耻笑，因此只能为自己壮胆，继续前行。

武松正走着，看着那酒劲慢慢地上来，便跌跌撞撞地来到一片树林。只见一棵古松下有一块大青石，武松想在那大青石上躺下，只见发起一阵狂风，狂风过后，一只老虎向他扑来。

武松连忙一闪身，躲到老虎背后。老虎前爪伏地，后爪猛掀过来。武松又纵身避开。老虎吼叫一声，震得山摇地动，铁棍般的虎尾向着武松扫来，武松又躲开了。老虎又吼一声，转过身来。武松便双手抡起哨棒，用尽平生之力，向虎头打下去。

谁料咔嚓一声，哨棒打到树枝上，断为两截。老虎咆哮一声，再次扑来，武松就势抓住老虎的顶花皮，把虎头使劲朝地上按。老虎不能挣扎，武松抬脚向老虎面门上、眼睛上一阵乱踢。老虎疼得用双爪把地上扒出个坑来。

武松左手死死揪住虎头顶花皮，右手紧握拳头，用尽力气朝老虎耳门上打了六七十拳，直到老虎七窍（qiào）流血，一动不动了才住手。武松还怕老虎不死，又捡起半截哨棒打了一阵才罢休。

武松坐在青石板上歇了一阵，慢慢走下冈。半路上他碰见两个猎户，便告诉他们，老虎已被自己打死。猎户见了死虎才相信武松的话，于是一面派人到县衙报告，一面摆酒为武松庆功。

武松兄弟相聚示意图

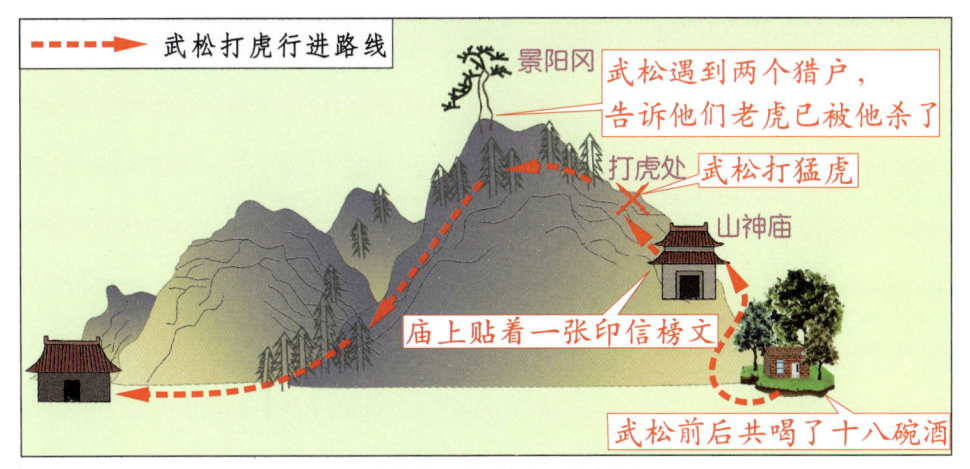

景阳冈武松打虎示意图

（图中标注）
- 武松打虎行进路线
- 景阳冈
- 打虎处 武松打猛虎
- 武松遇到两个猎户，告诉他们老虎已被他杀了
- 山神庙
- 庙上贴着一张印信榜文
- 武松前后共喝了十八碗酒

　　众人前呼后拥地把武松带到县城，知县当堂赏酒三杯，赏钱一千贯。武松把赏钱分给猎户。知县见武松不仅武艺高强，而且忠厚仁义，就让他在衙门当了步兵都头。

经典名句

送君千里，终须一别。

胸脯（pú）横阔，有万夫难敌之威风；

经典原文

　　那只大虫急要挣扎，被武松尽气力纳①定，那里肯放半点儿松宽。武松把只脚望大虫面门上、眼睛里只顾乱踢。那大虫咆哮起来，把身底下扒起两堆黄泥，做了一个土坑。武松把那大虫嘴直按下黄泥坑里去，那大虫吃武松奈何得没了些气力。武松把左手紧紧地揪住顶花皮，偷出②右手来，提起铁锤般大小拳头，尽平生之力，只顾打。

注释：①纳：按捺。②偷出：腾出。

课外试题

武松打虎，是用的武器还是徒手？

答案：徒手。武松在喜阳冈下酒店喝过酒后，带上一根哨棒上山，与老虎相遇的过程中，哨棒被树枝折断了，告诉我们武松是空手打死老虎的。

第二十四回

武大郎家里起祸殃（yāng）

点 题

虽然武大郎搬了家，却还是躲不过一场灾祸。

过了几天，武松在街上闲逛，遇到自己的亲哥哥武大，连忙跪地拜见。

武大面目极丑、身材矮小，但心肠很好。武松从小父母双亡，由哥哥一手拉扯大，所以敬哥哥如父母。

武松问哥哥，怎么从清河县跑到阳谷县来了？武大便告诉武松事情的经过：原来，自从武松闯祸离家之后，武大就结了婚。女方是清河一个财主家的丫鬟（huán），叫潘金莲。因为长得漂亮，那财主想霸占潘金莲，潘金莲不愿意，便被那财主嫁给了武大。成亲以后，由于潘金莲生的貌美，而武大又生性怯懦，因此常常被人欺负。无奈之下，武大便举家搬离了清河县来这里居住。

武大把武松领回家。潘金莲见小叔子仪表堂堂，非常高兴。闲聊中，潘金莲得知武松没有成家，就让武松回家住。武松挡不住哥嫂盛情，答应了。

从此，潘金莲无微不至地照顾武松，还说一些露骨的话和武松开玩笑，武松没在意。有一天下雪，潘金莲除了用言语挑逗武松，还对他动手动脚，这下武松生气了，发了很大的脾气，让潘金莲非常尴尬（gān gà）。

武松坚持要搬回县衙住，武大不知怎么办才好，只好任武松走了。

过了些日子，知县派武松到京城公干。武松买了些酒菜，来跟哥哥嫂嫂辞行。席间，武松叮嘱哥哥要晚出早归，不要和人闹矛盾，又暗示潘金莲要善待哥哥。潘金莲听出武松话里有话，双方不欢而散。

第二天一早，武松见过了知县，便带着四个士兵，监押着一辆车子，一行五人离开了阳谷县，顺着道路向东京走去。

一日，潘金莲在楼上收窗帘，不小心撑竿滑落。她忙探出头，见一个男子摸着头，正要骂人。四目相对时，那男子见是一个漂亮少妇，马上转怒为笑。潘金莲赶紧下楼去赔礼，隔壁茶坊的王婆恰巧看见这一幕，一瞧那两人表情，便笑说："也不怪人家小娘子，谁叫大官人刚好从这儿路过！"

那男子名叫西门庆，是本地一个药商，在当地是个有头有脸的人物。西门庆向王婆打听那女子是谁，王婆便说她叫潘金莲，是武大的老婆。西门庆就给王婆很多钱，让她帮忙把潘金莲弄到手，王婆答应了。

王婆请潘金莲到家里做衣服，因为是邻居，潘金莲也没推辞。中午就在王婆家吃了，下午继续缝，眼看武大快回来了，潘金莲就从后门回了家。武大知道后也说邻居之间，可以相互帮忙。如此这两天，潘金莲都去王婆家做衣服。

第三天，潘金莲在王婆家正做着活儿，西门庆来了。王婆说自己的衣料就是西门大官人送的。西门庆夸潘金莲人美手巧，潘金莲本就喜欢听英俊男人说恭维自己的话。前一阵子她喜欢武松，武松却没回应，潘金莲很失望，现在西门庆却来恭维自己，她顿时心花怒放。

中午，王婆留他们吃饭，中途说出去买酒，只留下他们两个。两人就互相表了爱慕之心。其实，这一切都是王婆设计好了的。从此，西门庆、潘金莲天天在王婆家约会。街坊邻居都知道了，只瞒着武大一人。

经典名句

远亲不如近邻。

当时吕蒙正，窑内叹无钱。

眉似初春柳叶，常含着雨恨云愁；
脸如三月桃花，暗藏着风情月意。

经典原文

武松替武大挑了担儿，武大引着武松转湾抹角，一径望紫石街来。转过两个湾，来到一个茶坊间壁①，武大叫一声："大嫂开门！"只见芦帘起处，一个妇人出到帘子下应道："大哥，怎地半早便归？"武大道："你的叔叔在这里，且来厮见。"武大郎接了担儿入去，便出来道："二哥，入屋里来和你嫂嫂相见。"武松揭起帘子，入进里面，与那妇人相见。武大说道："大嫂，原来景阳冈上打死大虫新充做都头的，正是我这兄弟。"那妇人叉手向前道："叔叔万福。"武松道："嫂嫂请坐。"武松当下推金山，倒玉柱②，纳头便拜。那妇人向前扶住武松道："叔叔，折杀③奴家。"武松道："嫂嫂受礼。"

注释：①间壁：隔壁。②推金山，倒玉柱：一种非常大的礼节，指身材高大的男子跪倒俯首磕头。③折杀：谦（qiān）辞，表示承受不起。

课外试题

武大本是清河县人，怎么会在阳谷县住下？

武大娶了潘金莲后，由于潘金莲生的漂亮，惹武大乡里人家浪荡，因此搬家到阳谷县，于是在此，便有后来的打虎的武松。

答案

第二十五回

潘金莲毒杀武大郎

点 题

潘金莲是毒死武大郎的直接凶手，还有两个帮凶也难辞其咎，所以杀人偿命，古今同理。

　　一天，西门庆正和潘金莲在王婆家鬼混。王婆却和一个叫郓哥的卖水果的小孩在门口吵了起来。原来郓哥平时拿水果来巴结西门庆，西门庆一高兴，就赏点钱给郓哥，足够郓哥一家几天的开销。这次，郓哥又想找西门庆弄点赏钱，四下里寻不着，就到王婆茶坊找人。

　　王婆不让郓哥进去，两人就吵起来了。王婆打了郓哥，还把郓哥的水果篮子扔到街上。郓哥边哭边说："老泼妇，你打我，我告诉武大去。"武大听郓哥说他老婆跟了别人，而自己也因为潘金莲总是去王婆家做衣服而心生猜忌，便想寄存担子，当场去捉奸。郓哥劝他忍一忍，说明天帮他捉奸，武大这才消气。

　　第二天，二人来到王婆茶坊。郓哥在前，低头把王婆顶在墙上不能动弹。武大快步冲进王婆卧房，把西门庆和潘金莲逮（dǎi）了个正着。西门庆一脚踢去，正中武大心口。武大"哎哟"一声，滚出老远，西门庆趁机跑了。郓哥也吓得慌忙逃走。武大捂着心口满地打滚，潘金莲和王婆把武大从后门弄回家。武大对潘金莲说："等我兄弟回来，有你们好看的。"

潘金莲便将这话一五一十地告诉了西门庆和王婆。正在西门庆苦恼之际，王婆说："如果你们想长久在一起，就让武大永远开不了口。三年孝满，武松还不是得让嫂子改嫁？"

西门庆说："好，我药房里有砒霜。"潘金莲说："我怕软了手脚，没法收拾。"王婆说："你一敲墙，我就过去帮忙。"

潘金莲拿着砒（pī）霜回家，对武大谎称是治心口疼的药，然后用开水冲了，端给武大喝。武大不喝，潘金莲便硬灌下去，然后用被子把武大捂严实。武大喊："闷死我了。"潘金莲说："发发汗就好了。"不一会儿，毒性发作，武大断了气。

潘金莲敲了敲墙，王婆过来，把武大脸上的血迹洗干净，把一切可疑痕迹收拾好，然后与潘金莲一起替武大梳了头，穿上衣服鞋袜，用白布蒙了脸。接着二人把尸体抬下楼，放在门板上。王婆回茶坊，潘金莲开始哭丧。

天不亮，西门庆就来到茶坊。王婆告诉他一切办妥，只需防备收尸的何九叔看出破绽。西门庆说："我去找他，他不敢不听我的话。"

天亮后，王婆买来棺材和香烛纸马，街坊四邻都来吊唁（yàn）。潘金莲装模作样地哭着，众人都觉得武大死得蹊跷（qī qiao），但又没有证据，谁敢明说？大家只好劝潘金莲节哀。

王婆去请何九叔，何九叔让两个伙计先打前站，自己随后就到。来到武家，何九叔问伙计武大是怎么死的？伙计说："他老婆说他害心疼病死的。"何九叔一打量潘金莲，暗想，武大老婆这么漂亮，西门庆又送我十两银子，让我关照，现在看来是有问题。

何九叔掀开武大蒙脸的白布，仔细一看，忽然大叫一声，口喷鲜血，栽倒在地。

经典名句

斩草不除根，春来萌芽再发。

他时祸起萧墙内，血污游魂更可嗟。

身如五鼓衔（xián）山月，命似三更油尽灯。

经典原文

两个吃了一个时辰，只见西门庆去袖子里摸出一锭十两银子，放在桌上，说道："九叔休嫌轻微，明日别有酬（chóu）谢。"何九叔叉手道："小人无半点功效力之处，如何敢受大官人见赐银两？若是大官人便有使令①小人处，也不敢受。"西门庆道："九叔休要见外，请收过了却说。"何九叔道："大官人但说不妨，小人依听。"西门庆道："别无甚事，少刻他家也有些辛苦钱。只是如今殓（liàn）②武大的尸首，凡百事周全，一床锦被遮盖则个。别无多言。"何九叔道："是这些小事，有甚利害，如何敢受银两。"西门庆道："九叔不受时，便是推却。"那何九叔自来惧怕西门庆是个刁徒，把持官府的人，只得受了。两个又吃了几杯，西门庆呼酒保来记了帐，明日来铺里支钱。两个下楼，一同出了店门。西门庆道："九叔记心，不可泄漏，改日别有报效。"分付罢，一直去了。

注释：①使令：使唤命令。②殓：把死人装进棺材。

课外试题

西门庆为什么要给何九叔送钱，还请他吃饭？

答案：西门庆为了收买何九叔，让他掩盖武大的死因。

第二十六回

武都头为兄报血仇

点题

血债血偿，武松用自己的方式为哥哥报了仇，然后投案自首。

　　王婆说何九叔中了邪，嘴里含水朝他脸上喷了几口凉水，他才慢慢醒来，由伙计们送回了家。何九叔回家后告诉老婆，武大是被毒死的，他不敢声张，才装作中邪，回来想对策。

　　武大停尸三天，王婆就催着火化。何九叔趁机从骨灰中偷了块酥黑骨头。回到家，他把送葬人的姓名写在纸上，并将西门庆送的那十两银子和那块骨头用布袋装上，藏了起来。

　　不久，武松回来了。他听说武大病死后，就去问潘金莲他哥哥得的什么病？什么时候死的？潘金莲假哭着说："你走后一二十天，你哥哥就得了心疼病，什么药都吃了，还是治不好。"

　　王婆听说武松回来，生怕潘金莲说漏了嘴，匆匆赶过来帮她说话。武松又问："我哥哥从来没有心疼病，怎么会得这病？"王婆说："天有不测风云，人有旦夕祸福。谁敢保证永远不得病？"武松问："我哥哥埋在哪里？"潘金莲说："我们没坟地，只得将他火化了。"

　　武松就去找负责火化的何九叔。何九叔知道武松不好惹，就拿出布袋，取出骨头、银子和那张名单，并将事情的经过说了一遍。

　　武松问奸夫是谁，何九叔说郓哥知道。武松带着何九叔找到郓哥，

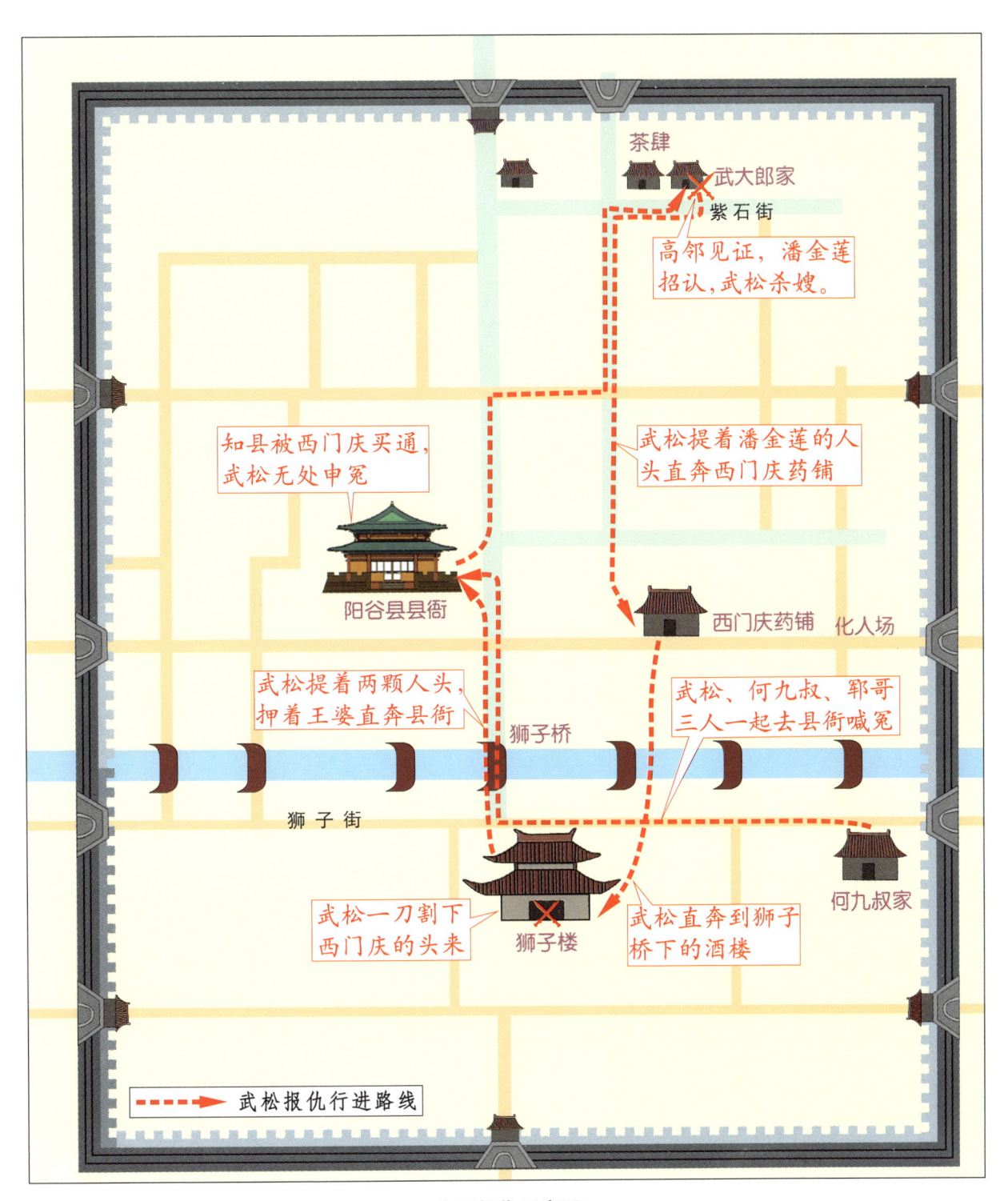

为兄报仇示意图

随后三人来到县衙喊冤。此时，知县已被西门庆买通，就以"捉贼见赃，捉奸见双"为由，不让武松告状。

武松知道自己已经无处申冤，就带了几个士兵，买了笔墨纸砚和酒菜带回到家中，并以答谢为由，摆下酒席请来四家邻居，再让两个士兵把住门，只许进不许出。

席上，武松说了几句客气话，然后斟（zhēn）酒敬邻居们。大家心里都有事，谁喝得下？武松自己喝了几杯，说："各位高邻做个见证，武松有几句话，请会写字的做个笔录。"

说着武松便唰（shuā）地抽出刀来，左手一把揪住潘金莲，右手用刀指着王婆骂道："你和这个淫妇是怎么害死我哥哥的，从实招来！"王婆狡猾，只说与自己无关，把罪责全都推给潘金莲。武松便提刀威胁潘金莲。潘金莲很是害怕，只好一五一十地招认了，王婆见抵赖不过，也招认了。

会写字的邻居胡正卿将潘金莲和王婆的口供，一字不漏地记了下来。接着武松让潘金莲和王婆在口供上按了指印，画了押，又让四家邻居签了名，叫士兵把王婆绑了，揪过潘金莲，一刀下去，挖出心肝，供在灵位前，又一刀割下脑袋包好，让士兵看好门，独自离去了。

武松直奔西门庆药房，问了药房主管得知西门庆在狮子桥酒楼喝酒，便直接找到酒桌，把潘金莲的人头向西门庆扔去。西门庆吓得想跳窗，但太高，不敢跳。那武松上前左手掐住他后颈，右手抓住他左脚，把他掼（guàn）到街心，摔了个半死。武松伸手去凳子边拿了潘金莲的人头纵身一跃，便跳到街上。只见西门庆直挺挺地躺在地上，武松上前将他按住，只一刀便割下了他的人头。武松将两颗人头拿在手中直奔家里，叫士兵开了门，将二人的人头供奉到武大郎的灵前。祭奠（jì diàn）完哥哥后，武松把邻居们从楼上请了下来，请他们帮自己变卖了家里的东西。随后武松提着两颗人头，押着王婆直奔县衙而去。

经典名句

天有不测风云，人有旦夕祸福。
古今壮士谈英勇，猛烈强人仗义忠。

经典原文

西门庆见踢去了刀，心里便不怕他，右手虚照一照，左手一拳，照着武松心窝里打来。却被武松略躲个过，就势里从胁（xié）下钻入来，左手带住头，连肩胛（jiǎ）只一提，右手早捽（zuó）住西门庆左脚，叫声："下去！"那西门庆一者冤魂缠定，二乃天理难容，三来怎当武松勇力，只见头在下，脚在上，倒撞落在当街心里去了，跌得个发昏章第十一。街上两边人都吃了一惊。武松伸手去凳子边提了淫（yín）妇的头，也钻出窗子外，涌（yǒng）身①望下只一跳，跳在当街上，先抢了那口刀在手里。看这西门庆已自跌得半死，直挺挺在地下，只把眼来动，武松按住，只一刀，割下西门庆的头来。把两颗头相结做一处，提在手里，把着那口刀，一直奔回紫石街来。

注释：①涌身：纵身。②供养：供奉。

课外试题

武松为什么要杀人报仇？

答案：武松为了给兄长武大郎报仇，惩治害死武大郎的凶手西门庆与淫妇潘金莲。

第二十七回

母夜叉
巧遇武二郎

人物	孙二娘（地壮星）
绰号	母夜叉（梁山排名第103位）
性格	胆大心细、精明豪放
兵器	柳叶双刀

点题

刺配孟州的路上，武松竟遇上黑店，而且黑店老板还是个女的。

武松押着王婆来到县衙，在厅前跪下。跟来的四家邻居也跪了下来。武松口述了一遍胡郑卿写的供词。知县接着让涉及人员一一录了口供。知县念武松是个义气烈汉又让刑房押司把供词改得对武松有利一些。接着知县写下公文，将犯案的一干人押送东平府处置。东平知府陈文昭也爱惜武松是个英雄，又把武松罪名改得更轻，然后命人将公文送往京城刑部。刑部回文，判武松刺配孟州、王婆千刀万剐。武松带着枷（jiā）锁，由两个公差押解着，离开了东平府向孟州走去。

押解武松的两个公差知道武松是个好汉，并不把武松当作犯人来看，押解路上，一直小心地服侍他。武松包袱里有银子，逢村过店，都买酒买肉和那两个公差一起吃。

孙二娘，山夜叉孙元的女儿，曾与丈夫张青在孟州大树十字坡下开黑店，后入伙梁山。

这天，三人来到一个坡前。此时他们已经到了孟州界，那坡名叫十字坡。坡上有棵大树，四五个人合抱都抱不过来。三人转过大树，便望见一家酒店。店门前坐着一个妇人。那妇人见武松和两个公差来到门前，忙站起来迎接。

武松三人进店坐下，两个公差说："反正这里没人看见，我们为武都头打开枷锁，痛痛快快喝几杯。"说着就为武松除了枷锁。

那妇人笑眯眯地问："客人要多少酒？"武松说："莫问多少，只管打来，再切上三五斤肉。"那妇人便进里面提来一大桶酒，放了三个碗，切出了两盘肉。

武松三人喝了几杯，妇人又端来几笼肉包子。武松掰（bāi）开一个，问："老板娘，这包子馅是人肉的还是狗肉的？"

那妇人笑嘻嘻地说："客人真会说笑，哪有人肉馅的？我家包子都是牛肉馅。"

武松说："江湖传言：'大树十字坡，客人从此过，肥的剁成馅，瘦的去填河。'我见这馅里有几根毛，像是人毛，所以怀疑。"

那妇人嘴里说："这是你乱编的。"心里却暗暗冷笑："等会儿让你看看老娘的手段！"

武松也在暗想："这妇人不是好人，看我怎么耍你！"武松又说："这酒没劲，换好酒来。"那妇人说："上好的酒有，只是浑些。"说着就进里面换了好酒来，斟了三碗。

两个公差一饮而尽，武松说："再切盘牛肉来。"等那妇人转身进里面，武松便把酒泼到墙角，假装咂（zā）嘴说："好酒，好酒！"

那妇人哪里是去切肉。她刚进里面就转身出来，拍手叫道："倒，倒！"两公差果真倒在地上，武松也假装倒在凳子旁。

那妇人便叫："小二、小三，快出来！"只见从里面出来几个伙计，

武松刺配孟州十字坡遇张青示意图

地图

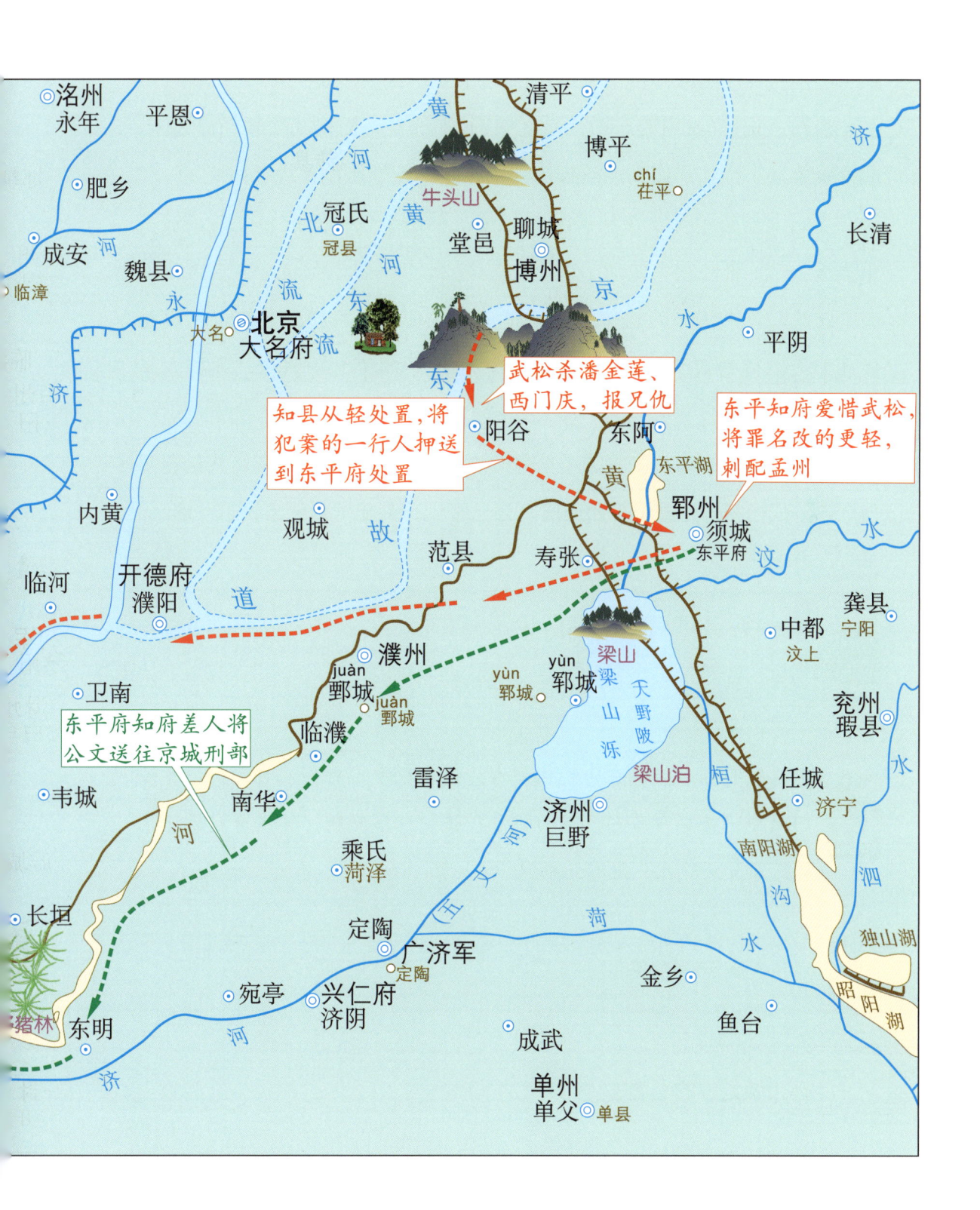

- 洺州 永年
- 平恩
- 肥乡
- 成安
- 魏县
- 临漳
- 冠氏 冠县
- 大名 北京 大名府
- 牛头山
- 清平
- 博平
- 茌平 (chí)
- 聊城
- 堂邑 博州
- 长清
- 平阴
- 阳谷
- 东阿
- 东平湖
- 郓州 须城 东平府
- 内黄
- 观城
- 范县
- 寿张
- 龚县 宁阳
- 中都 汶上
- 临河
- 开德府 濮阳
- 濮州
- 鄄城 (juàn)
- 临濮
- 郓城 (yùn)
- 梁山 梁山泺 (yùn) 郓城
- 兖州 瑕县
- 天野陂 梁山泊
- 卫南
- 南华
- 雷泽
- 济州 巨野
- 任城 济宁
- 韦城
- 南阳湖
- 长垣
- 乘氏 菏泽
- 定陶
- 广济军 定陶
- 金乡
- 鱼台
- 独山湖
- 昭阳湖
- 猪林
- 东明
- 宛亭
- 兴仁府 济阴
- 成武
- 单州 单父 单县

标注：
- 武松杀潘金莲、西门庆，报兄仇
- 知县从轻处置，将犯案的一行人押送到东平府处置
- 东平知府爱惜武松，将罪名改的更轻，刺配孟州
- 东平府知府差人将公文送往京城刑部

117

先抬两个公差进里面，再出来抬武松，可怎么也抬不动。

那妇人说："没用的东西，看老娘的。"说着，便将武松轻轻提起来。武松就势双手抱住那妇人，双脚钩住她双腿，把她压倒在地。

那妇人动弹不了，杀猪般号叫起来。那两个伙计正准备上前，被武松大吼一声，都吓得不敢动了。

这时，一个汉子走进来，见状忙请武松住手。武松站起来，左脚踏住那妇人，提着双拳。双方互通姓名，那汉子叫菜园子张青，那妇人是他的妻子，叫母夜叉孙二娘。因大家都是江湖好汉，于是握手言和。

武松放开孙二娘，张青放了公差。大家到后堂坐下，张青问武松犯了什么罪？武松将杀死嫂子与西门庆、为兄报仇、刺配孟州的事说了一遍。

经典名句

灯蛾（é）扑火，惹焰烧身。
平生作善天加福，若是刚强受祸殃（yāng）。

经典原文

武松跳将起来，把左脚踏住妇人，提着双拳，看那人时，头带青纱凹面巾，身穿白布衫，下面腿系护膝，八搭麻鞋，腰系着缠袋；生得三拳骨叉脸儿，微有几根髭（zī）髯（rán）①，年近三十五六。

注释：①髭髯：短而硬的胡须。

课外试题

孙二娘是谁的老婆？

答案：张青。

第二十八回

安平寨
武松显神威

人物	张青（地刑星）
绰号	菜园子（梁山排名第102位）
性格	仗义耿直、宽厚内向
兵器	朴刀

点题

什么时候都没有无缘无故的恩惠，武松被投放到牢营，竟受到特别好的待遇，这让他一头雾水。

张青夫妇设宴款待武松三人。武松和张青结拜为兄弟，张青为兄。临别前，张青又摆酒为武松送行。在和张青、孙二娘告别之后，武松便和公差一起前往孟州城。

武松三人来到孟州衙门，两个公差将公文交给孟州知府，孟州知府看完后，给二公差写了回文，把武松投放到安平寨（zhài）牢营。

武松到了牢营点视厅，按规矩要先被打一百杀威棒。士兵正要动手，只见一个二十四五岁的年轻人走进来。那年轻人头缠白布，一条胳膊吊在脖子上，只见他在管营耳边说了几句话。管营便问："武松，你生病了吗？"武松说："没有。"管营说："这人害热病，烧糊涂了说胡话，把他关到单身牢房去！"于是几个军士便把武松押到单身牢房。

张青，曾与妻子孙二娘在十字坡开设酒店，后入伙梁山，专职打探消息。

接着，一个军士提来食盒，拿着酒、肉、面、汤来牢房，说是管营请武松吃点心。晚上，那军士又送来食盒，盒里有酒有肉有鱼有饭。武松吃完，刚歇了一会儿，又来两人，一人搬了个大澡盆，一人提着热水，请武松洗浴。武松洗了澡，那两人又送来藤床、凉枕、蚊帐，请武松休息。

第二天，武松才起床，那两人又来侍候武松梳头洗脸吃早饭。武松吃完刚放下筷子，其中一人又递上一杯香茶。武松喝完茶，那两人请武松到隔壁一处小院，走进一间房里，只见里面收拾得干干净净，都是新家具。

一连三天，武松都被伺候得妥妥帖帖，也没人管他，随他在安平寨里走动。一天，武松逛到天王堂，见纸炉边有个青石墩，上面有个眼儿，是插旗杆用的，就在石上坐了下来。

武松坐到中午，又有人送来酒饭。武松再也憋不住了，一心要问个明白，便问送饭人，是谁拿酒菜来请他。送饭人起初支支吾吾，武松再三逼问，才说："是我们小管营吩咐的。"

武松问："小管营是谁？我和他素不相识，他为何这么照顾我？"送饭人说："小管营叫金眼彪（biāo）施恩。"武松说："你请他来，我要见他。"送饭人不敢去，武松说："他不来，我就不吃他的饭。"送饭人才去了。

不久，施恩赶来，见了武松就拜。武松还礼，开门见山地问："我是个囚犯，你这样待我是什么意思？"施恩说："小弟有事想求哥哥，只等哥哥恢复体力。"

武松说："去年我害了三个月的疟疾，景阳冈上的老虎也被我三拳两脚打死了。何况现在。"施恩仍坚持要武松调养三个月再说。

武松是个急性子，没有耐心再等三个月，顺手指着身边的青石墩（dūn），问施恩："它有多重？"施恩说："有四五百斤吧？"武松弯腰把那石墩轻轻抱起来，向前扔到地上，砸下一尺多的深坑。

其他囚徒都围了过来，武松又抓住青石墩上的那个眼儿，一手提起来，往空中一扔，扔起一丈多高，双手接了，又放回原处，脸不红，气不喘。施恩和众囚徒都佩服得五体投地。

经典名句

兔死狐悲，物伤其类。

功业如将智力求，当年盗跖（zhí）合封侯。

经典原文

两个来到天王堂前，众囚徒见武松和小管营同来，都躬身唱喏①。武松把石礅（dūn）略摇一摇，大笑道："小人真个娇惰②了，那里拔得动！"施恩道："三五百斤石头，如何轻视得他。"武松笑道："小管营，也信真个拿不起？你众人且躲开，看武松拿一拿。"武松便把上半截衣裳脱下来，拴在腰里，把那个石墩只一抱，轻轻地抱将起来，双手把石墩只一撇，扑地打下地里一尺来深。众囚徒见了，尽皆骇（hài）然③。

注释：①唱喏：一面作揖，一面嘴里问好。②娇惰：娇媚懒惰。③骇然：惊讶的样子。

课外试题

武松来的孟州后，施恩为什么将武松伺候的非常周到？

答案：主要是为了利用武松的本领帮助自己夺回快活林，同时通过这样待遇丰厚的方式激发武松的感情，赢得他的信任和感激。

第二十九回

醉武松
暴打蒋门神

人物	绰号	性格	兵器
施恩（地伏星）	金眼彪（梁山排名第85位）	工于心计	九节花蟒（mǎng）鞭（biān）

点题

武松受到施恩的小恩小惠，竟充当了一次黑吃黑的打手。

施恩把武松请到私宅，诉说原因。

原来施恩在孟州城东门外一个叫快活林的地方，开了一家酒店，生意很好。前不久却被本地张团练的手下蒋门神蒋忠霸占了去。蒋门神还打伤了施恩。施恩想夺回酒店，又打不过蒋门神，因此想请武松帮忙。

武松一听立马就要去打蒋门神。施恩却让他明天再去。第二天武松要去打蒋门神，施恩骗他说蒋门神不在家。第三天一早，施恩和武松两个离开了安平寨，出了孟州东门。武松用一张小膏药贴了脸上的刺印，还让施恩在去打蒋门神的路上，但凡遇到一个酒店就要请他喝三碗酒。

施恩说："这一路上的酒店没什么好酒，我派两个仆人，带上美酒佳肴在路上等您。"

武松和施恩出了城，每遇一个酒店，就有仆人等着请武松喝三碗酒。这一路武松共喝了三四十碗酒。

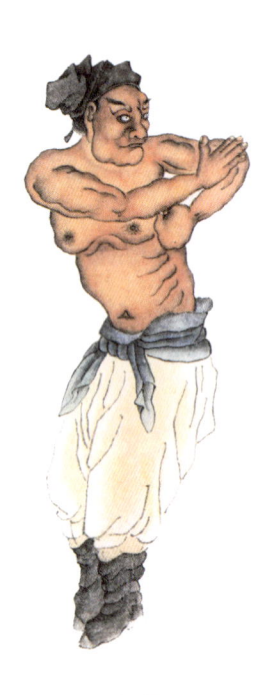

施恩，刚出场时是小管营，后入伙梁山，任职步军将校，巡逻营步军头领。

眼看快到快活林了,施恩便不再往前走,只让一个仆人给武松带路。进了集市,仆人指着前面一个大酒店说:"那就是蒋门神的酒店。"武松让仆人躲远点,自己则向那酒店走去。

武松本来只有六七分醉意,这时却装出大醉的样子,东倒西歪地往前走着。路过一处树荫,只见一个彪形大汉坐在交椅上乘凉,武松猜他便是蒋门神。

武松走进酒店里面,见柜台后面坐着一个年轻女人,估计是蒋门神的老婆。柜台边三个大酒缸里都有大半缸酒,五六个店小二正忙着招待客人。

武松敲着桌子,店小二过来问:"客人要多少酒?"武松说:"先打些来尝尝。"

店小二端来酒,武松尝了一口说:"不好。"店小二又换酒,武松还嫌不好,一连换了三次,武松才慢慢喝了几口。

武松又问:"你们主人姓什么?"店小二说:"姓蒋。"武松说:"为什么不姓李?"那妇人说:"这小子喝醉了,想闹事。"店小二说:"别跟他计较。"武松说:"叫那妇人来陪我喝酒。"店小二骂说:"胡说什么?这是老板娘!"武松说:"老板娘陪我喝酒怎么啦?"

那妇人大怒,从柜台出来打武松,武松一把抓住那妇人扔进酒缸。店小二们见状,一拥而上,被武松一拳一个,打趴在地上。其中一个,慌忙跑出门外,武松追了上去。

追不多远,蒋门神飞快地跑来了。他见武松脚步踉跄(liàng qiàng),欺负他酒醉,扑了过来。武松双拳虚晃一招,转身就走。

蒋门神扑了上来,武松突然转身,左脚飞起,正中蒋门神小腹,疼得他捂着肚子弯下腰。武松右脚跟着又到,踢中蒋门神额角,蒋门神倒地。武松这一招叫"玉环步,鸳鸯(yuān yāng)脚",轻易不用,用则必胜。

武松一脚踏住蒋门神胸脯，挥拳就打，把蒋门神打得大叫"饶命"。武松说："饶你可以，依我三件事。"蒋门神忙说："别说三件，三百件也依你。"武松说："第一，立刻把酒店还给施恩；第二，你去把快活林的老板都叫来给施恩赔礼；第三，立即在孟州消失，否则见一次打一次。"蒋门神说："都依你。"

武松一把提起蒋门神说："别说是你，就是景阳冈上的老虎，我也只三拳两脚就打死了。"蒋门神这才知对方是武松，连声求饶。

经典名句 醉里乾坤大，壶中日月长。

经典原文 蒋门神见了武松，心里先欺他醉，只顾赶将入来。说时迟，那时快，武松先把两个拳头去蒋门神脸上虚影①一影，忽地转身便走。蒋门神大怒，抢将来，被武松一飞脚踢起，踢中蒋门神小腹上。双手按了，便蹲下去。武松一趷（xué）②，趷将过来，那只右脚早踢起，直飞在蒋门神额角上，踢着正中，望后便倒。

注释：①虚影：虚晃。②趷：来回走。

课外试题

武松打败蒋门神的绝招是什么？

玉环步，鸳鸯脚。

第三十回

孟州城都头再入牢

> **点题**
> 武松卷入施恩和蒋门神的恩怨中,被张都监陷害再次入牢中。

施恩多亏武松相助,酒店才失而复得,因此更加敬重武松。光阴荏苒,转眼又是秋季。

这天,几个军士牵着一匹马,来酒店对施恩说:"张都监相公有请武都头。"说完,便递上一封信。这张都监是施恩父亲的上司,施恩看了信,就让武松跟那几个军士走了。

武松来到都监府,参见了都监张蒙方。张都监见了武松,夸赞了他一番,便要武松当他的亲随。武松听了,连忙跪下道谢。于是,张都监便在自家厅前廊下,腾出一间耳房,让武松住下。从此,武松跟随张都监。大小官员、豪绅要见张都监,就得先通过武松这一关。那些人都来送些金银绸缎等财物。武松把送来的东西锁在新买的藤(téng)箱里。

时光迅速,转眼八月中秋到了。张都监在后院鸳鸯(yuān yāng)楼下设家宴,让武松也来饮酒赏月。武松见张都监的家属都在此饮宴,站着喝了一杯就要走。张都监却让他坐下一起吃酒。武松只得斜着身子坐下。大家先喝了几杯,张都监又让仆人给武松大杯。武松吃醉后,渐渐忘了规矩,只顾痛饮。

月亮渐渐升高,张都监让一名婢女玉兰唱曲。玉兰唱完曲,张都监便把玉兰许配给武松,并说日后选个吉日让他们成亲。

散席后，武松回到房里，觉得腹胀，就拿一条哨棒在院中舞了一阵。快到三更时，武松正想回房休息，忽听后堂有人喊："有贼！"武松忙提一条哨棒去捉贼。刚到后堂，武松便见那唱曲的玉兰慌慌张张地对他说贼往花园去了。武松听了，连忙赶往花园，到了花园却寻不到贼，刚要转身出花园，不料黑影里扔出了一条板凳，把武松绊倒，走出七八个军士不由分说地用一根麻绳将武松绑了带去见张都监。

张都监见了武松，大怒，换了一副面孔，大骂武松不识抬举，自己不曾亏待他，他偏偏要做贼。骂完，便命人到武松房里搜查，从床下藤箱中搜出许多张府的金银器皿。武松见了，目瞪口呆，只是叫屈。张都监命人把赃物封了，把武松押往衙门，并连夜派人对知府说了，又上下送了钱。

天亮后，知府升堂，武松被押到公堂正要为自己辩解，哪知知府却命人将他往死里打。武松见不对头，只得屈招，被打入死牢。武松这才知道是张都监有意害他。

施恩得了消息，带上银子去找牢头打探消息。牢头告诉施恩，蒋门神出钱，张团练和张都监定计，这次他们定要害了武松性命。只是衙门里一个姓叶的孔目不同意将武松定为死罪，所以将判决拟为赃物归还原主，武松杖责二十，刺配恩州。

武松挨了二十大板后，两个公差便押着武松出了孟州衙门，前去恩州。三人出了城，走了一里多路，武松就看到管道旁边的酒店钻出施恩来。只见那施恩包着头、吊着胳膊，原来半月之前施恩再次被蒋门神打伤，还被夺了酒店。

经典名句

众生好度人难度。

佛语戒无论，儒书贵莫争。

经典原文

出入情熟，一连数日，施恩来了大牢里三次。却不提（dī）防被张团练家心腹人见了，回去报知。那张团练便去对张都监说了其事。

张都监却再使人送金帛来与知府，就说与此事。那知府是个赃官，接受了贿赂（huì lù），便差人常常下牢里来闸（zhá）看，但见闲人便要拿问。施恩得知了，那里敢再去看觑。武松却自得康节级和众牢子自照管他。施恩自此早晚只去得康节级家里讨信，得知长短，都不在话下。看看前后将及两月，有这当案叶孔目一力主张，知府处早晚说开就里。那知府方才知得张都监接受了蒋门神若干银子，通同张团练，设计排陷武松，自心里想道："你倒赚了银两，教我与你害人！"因此心都懒了，不来管看。捱（ái）①到六十日限满，牢中取出武松，当厅开了枷。当案叶孔目读了招状，定拟下罪名，脊（jǐ）杖二十，刺配恩州牢城；原盗赃物给还本主。张都监只得着家人当官领了赃物。当厅把武松断了二十脊杖，刺了金印，取一面七斤半铁叶盘头枷钉了，押一纸公文，差两个壮健公人防送武松，限了时日要起身。那两个公人领了牒（dié）文，押解了武松出孟州衙门便行。

注释：①捱：等。

课外试题

张都监为什么要陷害武松？

答案

因为他接受了蒋门神和张团练的贿赂，特别是武松打伤了蒋门神，断了他们的财路。

凌振
侠健

郭盛
呂方